Vente des lundi 5, mardi 6 et mercredi 7 mai 1890.
Hôtel Drouot, Salle nº 4, à trois heures.

COLLECTION de M. le Comte de B...

DESSINS

Louise Abbema, Aug. Anastasi, Hippolyte Bellangé, Rosa Bonheur, Bonvin, Calamatta, Carmontel, Cham, Thomas Couture, Louis David, Eug. Delacroix, Paul Delaroche, Narcisse Diaz, Grandville, Maxime Lalanne, Ed. Manet, Meissonier, Henri Monnier, Célestin Nanteuil, Henri Regnault, Félicien Rops, etc.

Tableaux de Diaz.

Important Portrait de RACHEL, par Mme Frédérique O'CONNEL

AUTOGRAPHES

ET

MANUSCRITS DE MUSIQUE

Bach, Beethoven, Chopin, Cimarosa, Gluck, Mendelssohn-Bartholdy, Mozart, Pergolèse, Philidor, Piccinni, Salieri, Schubert, Weber, etc.

LETTRES AUTOGRAPHES

Marguerite de Valois, Catherine de Médicis, Marie-Antoinette, François II, Charles IX, Henri IV, Louis XIII, Louis XIV, Napoléon Ier, Napoléon II, Jean de La Fontaine, Boileau-Despréaux, J.-J. Rousseau, Diderot, André Chénier, Benjamin Franklin, Mme de Sévigné, Mme Roland, Adrienne Le Couvreur, Mlle Clairon, la duchesse de La Vallière, la marquise de Pompadour, etc., etc.

COMMISSAIRE-PRISEUR :
Me Georges BOULLAND,
26, Rue des Petits-Champs.

EXPERT :
M. Eugène CHARAVAY,
8, Quai du Louvre.

EXPOSITIONS

PARTICULIÈRE :
Chez l'Expert, 8 jours avant la vente.
A l'hôtel Drouot, le dimanche 4 mai 1890.

PUBLIQUE :
A l'Hôtel, chaque jour de vente, de 1 heure à 3 heures.

Publications de la Maison Gabriel CHARAVAY

DIRIGÉE PAR

EUGÈNE CHARAVAY FILS, EXPERT EN AUTOGRAPHES

8, QUAI DU LOUVRE

REVUE
DES
AUTOGRAPHES

FONDÉE EN 1866 PAR GABRIEL CHARAVAY

PARAISSANT CHAQUE MOIS SOUS LA DIRECTION

DE

EUGÈNE CHARAVAY FILS

PRIX DE L'ABONNEMENT POUR UN AN (DOUZE NUMÉROS) :

FRANCE : **3 fr.** — ÉTRANGER, **4 fr.**

NOBILIAIRE FRANÇAIS
OU
CATALOGUE

PAR ORDRE ALPHABÉTIQUE

D'UNE IMPORTANTE COLLECTION DE PIÈCES MANUSCRITES

ÉMANÉES DES FAMILLES NOBLES DE FRANCE

OU LES CONCERNANT

En vente chez Eugène CHARAVAY Fils

Ce Catalogue se composera d'environ 20 livraisons qui seront adressées aux personnes qui en feront la demande. Les trois premières livraisons, comprenant les lettres de **A** à **CHA**, ont paru.

Rouen. — Imprimerie Julien LECERF.

AVIS

On pourra voir les pièces chez l'expert, huit jours avant la vente.

L'authenticité des autographes et des dessins est garantie. Huit jours sont accordés pour la vérification ; passé ce délai, aucune réclamation ne sera admise.

On percevra, en sus du prix d'adjudication, cinq centimes par franc, applicables aux frais.

M. Eugène CHARAVAY, expert, chargé de la vente, remplira les commissions qui lui seront confiées par les personnes qui ne pourraient y assister.

ORDRE DES VACATIONS :

Lundi 5 mai 1890.	— Autographes	. . . . .	N°s 1 à 353.
Mardi 6	—	—	354 à 458.
—	—	Dessins	459 à 558.
Mercredi 7	—	—	559 à fin.

Vente des lundi 5, mardi 6 et mercredi 7 mai 1890.

Hôtel Drouot, Salle n° 4, à trois heures.

COLLECTION de M. le Comte de B...

DESSINS

Louise Abbema, Aug. Anastasi, Hippolyte Bellangé, Rosa Bonheur, Bonvin, Calamatta, Carmontel, Cham, Thomas Couture, Louis David, Eug. Delacroix, Paul Delaroche, Narcisse Diaz, Grandville, Maxime Lalanne, Ed. Manet, Meissonier, Henri Monnier, Célestin Nanteuil, Henri Regnault, Félicien Rops, etc.

Tableaux de Diaz.

Important Portrait de RACHEL, par Mme Frédérique O'CONNEL

AUTOGRAPHES

ET

MANUSCRITS DE MUSIQUE

Bach, Beethoven, Chopin, Cimarosa, Gluck, Mendelssohn-Bartholdy, Mozart, Pergolèse, Philidor, Piccinni, Salieri, Schubert, Weber, etc.

LETTRES AUTOGRAPHES

Marguerite de Valois, Catherine de Médicis, Marie-Antoinette, François II, Charles IX, Henri IV, Louis XIII, Louis XIV, Napoléon Ier, Napoléon II, Jean de La Fontaine, Boileau-Despréaux, J.-J. Rousseau, Diderot, André Chénier, Benjamin Franklin, Mme de Sévigné, Mme Roland, Adrienne Le Couvreur, Mlle Clairon, la duchesse de La Vallière, la marquise de Pompadour, etc., etc.

COMMISSAIRE-PRISEUR :

Me Georges BOULLAND,

26, Rue des Petits-Champs.

EXPERT :

M. Eugène CHARAVAY,

8, Quai du Louvre.

EXPOSITIONS

PARTICULIÈRE :

Chez l'Expert, 8 jours avant la vente.

A l'hôtel Drouot, le dimanche 4 mai 1890.

PUBLIQUE :

A l'Hôtel, chaque jour de vente,

de 1 heure à 3 heures.

PREMIÈRE PARTIE

AUTOGRAPHES ET MANUSCRITS

DE

COMPOSITEURS DE MUSIQUE

ADAM (Adolphe).

1. Lettre autographe signée à M. Boucher du Gua ; 2 pages 1/3 in-8. Curieuse.

ADAM (Adolphe).

2. *Air de danse de Giselle*, morceau de musique autographe signé, 1 page in-8 oblong.

Jolie pièce d'amateur.

ANFOSSI (Pascal).

3. *Alma Redemptoris*, manuscrit autographe signé ; 1773, 22 pages in-4 oblong.

AUBER (D.-F.-E.).

4. Lettre autographe signée à M. Pascal, graveur ; Paris, 17 juin 1851, 1 page in-8. Cachet.

Jolie lettre où il le remercie de la belle gravure qu'il lui a envoyée. « Si mon suffrage n'a pas d'importance comme autorité, il en a une comme amateur, car le portrait de Michel Cervantes va, chez moi, occuper dignement sa place au milieu des œuvres d'Edlinck, de Woollett, d'Audran, d'Henriquel Dupont, de Mercuri, etc. »

BACH (Jean-Sébastien).

5. Pièce signée ; Leipzig, 5 octobre 1747, 1/2 page in-8 oblong. *Très rare.*

BACH (Jean-Sébastien).

6. Morceau de musique autographe, 3 pages 1/3 in-folio. *Très rare.*

Magnifique et précieux manuscrit. Cantate d'église, partie d'orgue.

BATTA (Alexandre).

7. Lettre autographe signée à Louis Desnoyers; 1 page in-8.

Spirituelle lettre où il lui reproche de ne pas avoir inséré son article dans *Le Siècle* : « Ne m'oubliez pas, sinon, à la première séance, j'arrive avec une paire de cimballes monstres, et ferai si bien que pendant longtemps nous en serons tous réduits à une surdité complète. »

BATTA (Alexandre).

8. Morceau de musique avec dédicace autographe signée; Venise, 1867, 1 page in-8 oblong.

Jolie pièce d'amateur.

BAZIN (François).

9. Lettre autographe signée à un compositeur; Paris, 7 novembre 1845, 1 page in-8.

Jolie lettre où il le félicite d'avoir mis en musique, la fable du *Corbeau et le Renard* : « Ce n'était pas chose facile que de mettre en musique ce bon Lafontaine. Vous avez vaincu heureusement les difficultés que nous présente ce genre de poésie. »

BEETHOVEN (Ludwig von).

10. Lettre autographe signée; Bade, 9 septembre 1816, 2 pages 1/2 in-8.

BEETHOVEN (Ludwig von).

11. Lettre autographe signée à M. de Haslinger ; (fin mai 1824), 3 pages in-8 oblong.

Curieuse lettre écrite au crayon et relative à un différend survenu entre Beethoven et M. Duport au sujet d'un terzetto, opéra 116, que ce dernier avait fait représenter dans un concert avec la mention « nouveau », alors que cette composition, remontant à 1801, avait déjà été interprétée en 1814. La lettre est en allemand, mais la souscription dont voici le texte est en français : « Pour M. de Haslinger, général musicien et général lieutenant, etc. »

BEETHOVEN (Ludwig von).

12. Lettre signée à M. Holz; Vienne, 25 février 1827, 1 page in-4 oblong.

Il lui envoie la quittance signée d'avance d'un présent que lui fait l'Archiduc; il désire en retour un prompt paiement, fait en monnaie, non en papier.

BEETHOVEN (Ludwig von).

13. Pièce autographe signée; Vienne, 15 avril, 3/4 de page in-4.

Ordre de payer 45 florins pour la copie d'une de ses œuvres musicales.

BEETHOVEN (Ludwig von).

14. Pièce signée; Vienne, 31 mars 1816, 1 page in-folio. Cachet.

BEETHOVEN (Ludwig von).

15. *Grande fugue pour deux violons, alte et violoncelle* (œuvre 133) et arrangée pour le *pianoforte à quatre mains* (œuvre 134). Manuscrit autographe avec corrections et additions; 80 pages in-4 oblong, cartonné.

Précieuse partition; les manuscrits de cette importance sont de toute rareté.

BEETHOVEN (Ludwig von).

16. Manuscrit autographe; (1797), 6 pages in-4 oblong.

Esquisses pour un morceau de piano du genre de celles que Beethoven appelait *Bagatellen*. La première partie, en ut mineur, 3/4, occupe la page 4 et reparaît à la fin de la page 6, avec la mention *Anfang* (commencement). La seconde partie, en ut majeur, 3/4, forme le trio et occupe avec ses deux reprises complètes les trois premières pages; seulement, la fin de la seconde page et le commencement de la troisième ont été rayés par Beethoven qui alors a remanié son œuvre en numérotant les mesures de deux en deux, au-dessous du numérotage primitif, afin d'obtenir une mesure à 6/8 avec deux mesures à 3/4. La cinquième page et la moitié de la sixième contiennent un long développement relatif à ce même morceau, cette fois avec la mesure 6/8 définitivement adoptée. — Ainsi qu'il résulte des travaux de Nottebohm, cette œuvre a été composée en 1797. Elle a été publiée récemment dans le supplément à l'édition complète et critique des *Œuvres de Beethoven*, à l'exception du passage écrit en 6/8, lequel demeure par conséquent inédit.

BEETHOVEN (Ludwig von).

17. Manuscrit autographe; (1800), 4 pages in-4 oblong. Légère tache.

Fragments divers, la plupart inédits. Voici l'indication sommaire des morceaux qu'on y trouve à l'état de première esquisse : 1° Une danse « *allemande* » en la majeur, 3/8 ; 2° un fragment en la majeur, 6/8 ; 3° un « *Andante molto* », en mi bémol ; 4° une progression harmonique ; 5° une progression harmonique ; 6° un « *Andante* » en si bémol : 7° chanson de Méphistophélès (op. 75, n° 3), version primitive, avec nombreuses variantes ; 8° un « *Chorus* » en sol majeur ; 9° un fragment en fa majeur, 3/4 ; 10° un « *Andante* » en ut majeur, 3/4 ; 11° un « *Rondo* » en la majeur ; 12° un fragment en ut majeur ; 13° un « *Presto* », en sol majeur ; 14° un « *Allegro* en « ut majeur ; 15° un fragment en mi majeur, C. ; 16° un fragment en sol majeur, 6/8 ; 17° un « *Andante* » en la bémol majeur ; 18° un « *Allegro* » en la bémol majeur, 2/4 ; 19° un fragment en la majeur, 2/4 ; 20° une danse « *Anglaise* », en ré majeur, 2/4. — Les mots en italiques sont de la main de Beethoven. Le premier de ces fragments a été publié, les autres sont inédits.

BEETHOVEN (Ludwig von).

18. *Pour Elise,* manuscrit autographe à l'encre et au crayon ; (27 avril 1810), 4 pages in-4 oblong. Déchirure dans la marge blanche au second feuillet.

Cette œuvre, longtemps inconnue, a été révélée par Ludwig Nohl, dans ses *Nouvelles Œuvres de Beethoven*, et publiée récemment dans le supplément à l'édition complète et critique des *Œuvres de Beethoven*. Les pages 2 et 3 et la seconde moitié de la page 4 sont occupées par diverses esquisses. En tête de la deuxième page, on déchiffre, par exemple, cette curieuse mention : « Derbodt Konutl ausgedrück werden durcheine Pause. » (La mort pourrait être exprimée par une pause). — On y a joint un exemplaire imprimé.

BEETHOVEN (Ludwig von).

19. Manuscrit autographe ; 2 pages in-4 oblong. Déchirure enlevant quelques mesures.

Ce manuscrit contient des fragments de diverses compositions, toutes inédites : 1° une mélodie avec paroles italiennes et accompagnement, en ut mineur ; 2° un « *Allegro* » symphonique en fa majeur, et en mi bémol ; 3° un « *Allegro* » en ut majeur, 6/8 ; 4° un fragment en la majeur ; 5° un « *Presto sinfonia* » en ré majeur ; 6° un fragment en la majeur, 3/4 ; 7° un « *Allegro* » en ré majeur, 3/8 ; 8° un « menuet presto » en ré majeur 3/4, à la fin duquel on lit ces mots : « *Un menuet majestueux*, etc. » — Les mots en italiques sont de la main de Beethoven.

BEETHOVEN (Ludwig von).

20. Manuscrit autographe ; 2 pages in-4 oblong.

On y remarque entre autres esquisses, un « *Rondo* » en ut majeur, et quelques mesures d'un « *Andante* » en mi bémol, 6/8. Au haut de la première page, Beethoven a écrit cette phrase : « Point de choses pour piano, sinon des concertos, à moins qu'on ne me les demande. » Au bas de la deuxième page, on lit : « Quintette en C moll (ut mineur) pour fortepiano, avec clarinette, violoncelle, cor et basson », projet, sans doute, d'une composition qui n'a jamais été exécutée.

BELLINI (Vincent).

21. Lettre autographe signée à l'éditeur Ricordi, à Milan; Paris, 11 mars 1835, 1 page pleine in-8.

Jolie lettre musicale où il annonce que les *Puritains* seront bientôt imprimés, ainsi que le *Marino Faliero*, de Donizetti.

BELLINI (Vincent).

22. Lettre autographe signée à M. Florimo, à Naples; Paris, 22 avril, 1 page in-8.

Jolie lettre où il parle de la Malibran, de Bériot et du vicomte de Ruolz.

BÉRIOT (Charles de).

23. Lettre autographe signée à l'avocat Parola, de Milan; Lucques, 8 septembre 1831, 2 pages 1/3 in-4. Cachet.

Superbe et intéressante lettre. Il croit que pour la saison d'automne les 4 opéras: *Othello, Norma, les Capulets* et *la Somnambule* seront suffisants. « Il circule des bruits fâcheux sur le compte de Maria (la Malibran), à Milan, entre autre chose qu'elle aurait perdu la voix. » Avec ce qu'il en reste, elle excite l'enthousiasme des Lucquois; la scène n'est qu'un champ de lauriers et de fleurs; on escorte sa voiture aux flambeaux, etc.

BÉRIOT (Charles de).

24. Lettre autographe signée au sculpteur Dantan; Bruxelles; 15 nov. 1843, 3 pages in-4.

Très belle lettre où il parle de Mme Malibran, très-gravement malade, mais que les médecins regardent comme sauvée.

BERLIOZ (Hector).

25. Lettre autographe signée à madame veuve Lesueur; 29 juillet 1852, 2 pages 1/2 in-8.

Très belle lettre où il parle de son admiration pour le célèbre compositeur Lesueur, son maître.

BERLIOZ (Hector).

26. Lettre autographe signée; 2 pages in-8.

Spirituelle lettre relative à Mlle Heinefetter et à la Société Philarmonique. « Nous avons un tas de gens qui cherchent à *déphilarmoniser* la société, mais elle ne s'en *enphilarmonise* que davantage. »

BERLIOZ (Hector).

27. Morceau de musique autographe signé ; Lyon, 26 juillet 1845, 1 page in-8 oblong.

BERLIOZ (Hector).

28. *Le jeune paysan Breton*, morceau de musique avec paroles autographes, 1 page in-4. Jolie pièce. *Rare comme musique.*

BERTON (Henri).

29. Lettre autographe signée ; Paris, 10 mai 1832, 1 page in-4. Un peu fripée.

Sur une représentation au bénéfice de la caisse de secours des Artistes dramatiques. Il voudrait obtenir le concours de l'illustre Paganini, qu'il appelle le moderne *Orphée*.

BERTON (Henri).

30. Morceau de musique autographe ; 1 page in-8 oblong.

BIZET (Georges).

31. Lettre autographe signée à M. Réty ; 1 page in-8.

BOCHSA (R.-C.-V.)

32. Lettre autographe signée, 2 pages in-8.

Envoi de billets pour son concert des *Pygmées*.

BOEHNER (J.-Louis).

33. Lettre autographe signée ; Tottelstadt, 21 mars 1831, 4 pages in-4.

Belle et intéressante lettre contenant de la musique intercalée dans le texte.

BOIELDIEU (F.-Adrien).

34. Lettre autographe signée (à Lesueur) ; 12 février 1828, 1 page 3/4 in-4. Déchirure atteignant le texte.

Intéressante lettre où il le remercie de l'envoi de sa « belle messe » dont il fait le plus grand éloge. C'est un ouvrage qu'il lègue d'avance à son fils : « Puisse-t-il ne jamais perdre de vue de tels modèles et apprendre d'eux, et particulièrement de vous, cet art de produire de grands effets avec des moyens simples. Puisse-t-il aussi apprendre de vous ce que peuvent dans les arts les effets d'opposition. »

BOIELDIEU (F.-Adrien).

35. Lettre autographe signée à Ingres; 8 octobre 1833, 1 page in-8.

Il le remercie, ainsi que Pradier, de la belle gravure qu'ils viennent de lui envoyer. « Cette belle gravure, si remarquable en elle-même, en me retraçant un de vos chefs-d'œuvre, me donne un nouveau regret *d'avoir perdu la voix*, car c'est à haute voix que je voudrais exprimer ma reconnaissance et mon admiration. »

BOIELDIEU (F.-Adrien).

36. Morceau de musique autographe; 2 pages in-4. *Rare comme musique.*

Fragment d'un manuscrit.

BOIELDIEU (F.-Adrien).

37. Morceau de musique autographe; 1 page in-8 oblong.

Fragment provenant de M. Jules Boilly.

BOTTESINI (Giovanni).

38. Lettre autographe signée, en français; 1870, 1 page in-8.

Jolie lettre contenant de la musique intercalée dans le texte.

BULOW (Hans de).

39. Lettre autographe signée (au critique Brendel); Berlin, 10 janvier 1857, 4 pages in-8.

Très belle lettre. Il lui promet un article sur les poésies symphoniques. Liszt (son beau-père) lui paraît plus original que Schumann; il lui semble rappeler Beethoven. Il trouve injuste les articles du *Bocksche Zeitung* et s'étonne de l'alliance de Brendel avec A. Kallat; il désire le numéro du journal où se trouve l'article de Wagner sur l'*Iphigénie en Aulide* de Gluck.

BULOW (Hans de).

40. Lettre autographe signée (à M. Moritz Karasowski); Londres, 1877, 2 pages in-8.

Très belle lettre où il le remercie des lignes qu'il lui a consacrées. Sa santé est meilleure, sans être tout à fait bonne; il va partir pour faire une tournée en Ecosse avec un orchestre composé des meilleurs musiciens de Londres; à son retour, il ira sans doute revoir sa ville natale, et il approuve son idée d'organiser, à cette occasion, un concert comprenant, soit les œuvres de Chopin ou de Beethooven. En terminant, il le félicite de son ouvrage sur Chopin, mais le trouve un peu cher.

CARAFA (Michel.)

41. Lettre autographe signée, en français; 1 page in-8.

CATEL (Charles-Simon).

42. Lettre autographe signée; 1 page in-4.

CHAMPEIN (Stanislas).

43. Lettre autographe signée; 1826, 3/4 de page in-4. Belle lettre.

CHELARD (Hipp.-André-J.-B.).

44. Lettre autographe signée à Cherubini; Londres, 6 mai 1833, 3 pages in-8.

Jolie lettre sur la représentation des ouvrages de Cherubini au théâtre de Drury Lane, dont Chelard était directeur.

CHERUBINI (Louis).

45. Lettre autographe signée au colonel Witzleben, à Berlin; Paris, 15 août 1814, 2 pages 1/2 in-4. Très-belle lettre.

CHERUBINI (Louis).

46. Lettre autographe signée, en français, au baron de La Ferté; Paris, 22 janvier 1824, 1 page in-folio. Belle lettre.

CHERUBINI (Louis).

47. Morceau de musique autographe; 1833, 1 page 1/2 in-4.

Trois morceaux pour le concours d'harmonie et d'accompagnement du Conservatoire de Paris.

CHERUBINI (Louis).

48. *Fugue à 4 parties*, pièce d'une ligne autographe signée, signée aussi par H. Berton, Lesueur et Catel, 1/2 page in-4.

CHLADNI (E.-F.).

49. Lettre autographe signée; Bonn, 24 avril 1826, 1 page 1/2 in-4.

Après quelques réflexions sur sa mort, qui lui semble prochaine, il analyse le premier fascicule des Annales de Physique qui vient de paraître et insiste sur un article de Simrock.

CHOPIN (Frédéric-François).

50. Lettre autographe signée, en français, (à Mlle Verinka) ; 3/4 de page in-8. *Rare.*

CHOPIN (Frédéric-François).

51. Lettre autographe signée *Ch.*, en français, à un ami ; 1/2 page in-8. *Rare.*

CHORON (Alexandre).

52. Lettre autographe signée à M. Peron ; 1816, 1 page in-4.

Il lui annonce qu'il a accepté la situation de régisseur général de l'Académie royale de musique.

CIMAROSA (Dominique).

53. Morceau de musique autographe, 2 pages in-4 oblong. Incomplet de la fin.

Précieuse pièce, les manuscrits de Cimarosa étant de toute rareté.

CONTI (Francesco).

54. Morceau de musique avec paroles autographes signées ; 32 pages in-4 oblong. Provenant de la célèbre collection d'Aloys Füchs. *Très rare.*

Superbe pièce dont voici le titre : *Hymnus ad festum annuntiationis Mariæ « Nunc dimittis servum » a 5 voci, con violini e basso con organo.*

CRESCENTINI (Girolamo).

55. Lettre autographe signée ; 1 page in-8.

DANZI (François).

56. Morceau de musique avec paroles autographes, en français, 1/2 page in-4.

DAUSSOIGNE-MÉHUL (Joseph).

57. Manuscrit autographe signé ; 1807, 7 pages in-fol.

Fragment de la scène d'*Ariane à Naxos*.

DAUVERGNE (Antoine.)

58. Lettre signée, signée aussi par *Francœur Vestris* père, *Lasalle*, *de La Suze*, *Boquet* et *Janson* ; 12 juin 1789, 1 page in-fol.

Belle lettre écrite au nom des sujets de l'Académie royale de musique sur des réclamations touchant leurs pensions.

DAVID (Félicien).

59. Lettre autographe signée, 1 page in-8.

DAVID (Félicien).

60. *Adélaïde de Beethoven.* Morceau de musique avec paroles autographes, 12 pages in-4.

Curieuse copie faite par David d'un ouvrage de Beethoven.

DAVID (Félicien).

61. *Le Bédouin*, manuscrit avec paroles autographes signées, 4 pages in-4.

L'orchestration de ce morceau est inédite.

DAVID (Félicien).

62. *Solo pour cornet à piston*, avec accompagnement d'orchestre, morceau de musique autographe, 35 pages in-4.

Très beau manuscrit complètement inédit.

DELIBES (Léo).

63. Lettre autographe signée; 20 décembre, 4 pages in-8.

Jolie lettre où il parle de plusieurs de ses ouvrages à propos de l'organisation d'un concert à l'Hippodrome. Il est très absorbé en ce moment par *Jean de Nivelle.*

DESTOUCHES (François).

64. Morceau de musique avec paroles autographes signées; 13 pages in-8 oblong.

DOHLER (Théodore).

65. Lettre autographe signée, en français, aux éditeurs Escudier; Lucques, 28 février 1816, 2 pages 1/2 in-8. Cachet.

DOHLER (Théodore).

66. *La Vita*, morceau de musique avec paroles autographes signées, dédié à G. Ronconi, 5 pages in-4 oblong. Légères taches.

DONIZETTI (Gaëtano).

67. Lettre autographe signée, en français, à madame Adèle Cabarrus ; Naples, 6 novembre (1828), 3 pages 1/4 in-18.

Belle et curieuse lettre : « Votre exebition m'a comblé d'espérances et puisque vous voulez prier M. Cabarrus à faire des démarches à mon faveur chez M. Duponchel, je vous dirai franchement ce qu'il vient de m'arriver. » Celui-ci refuse de jouer un opéra dont le livret est de Lockroy et d'Anicet Bourgeois ; cependant, si Duponchel revient sur sa décision et lui assure le concours du ténor Duprez, il donnera à Paris une traduction du *Siège de Calais* qui va être représenté sur le théâtre San Carlo.

DONIZETTI (Gaëtano).

68. Lettre autographe signée, en français, à Anténor Joly, 2 pages 1/2 in-8.

Très-jolie lettre où il lui annonce qu'il est prêt à lui livrer sa partition : « L'Italie sera toujours soumise à la France. Le temps dans lequel elle parlait (non pas en signora) mais en reine, est passé. »

DONIZETTI (Gaëtano).

69. *Robert Devereux*, morceau de musique avec paroles autographes, 33 pages in-4 obl. cartonné. *Très rare comme musique.*

Important manuscrit contenant une partie de ce célèbre opéra.

DONIZETTI (Gaëtano).

70. *Una cosa Elegiaca*, morceau de musique autographe, 1 page in-4 oblong.

DONIZETTI (Gaëtano).

71. *Ugo a Parisina*, morceau de musique avec paroles autographes signées ; 1 page in-4 oblong. Très belle pièce.

DUSSEK (J.-L.).

72. Lettre autographe signée, en français, à M. Mazas, 1 page in-8. Cachet.

Il regrette de ne pouvoir se rendre à un rendez-vous, le prince (de Talleyrand, son protecteur) étant arrivé hier à la Muette. « Je ne peux m'empêcher d'aller dîner avec lui. »

ELSNER (Joseph).

73. Lettre autographe signée, en français, (au compositeur Lesueur), Varsovie, 12 mars 1823, 1 page in-4.

ENGEL (David-Hermann).

74. Lettre autographe signée à l'éditeur Haslinger, à Vienne ; Paris, 5 avril (1865), 2 pages in-8.

Curieuse lettre toute relative à l'*Africaine*, de Meyerbeer.

ENGEL (David-Hermann).

75. Morceau de musique autographe, 1 page in-4.

ERNST (Henri-Wilhelm).

76. Lettre autographe signée, en français, au sculpteur Dantan ; Marseille, 23 mai 1837, 2 pages 3/4 in-8.

Curieuse lettre toute relative aux succès qu'il a remportés dans le midi de la France.

ERNST (Henri-Wilhelm).

77. Morceau de musique autographe signé ; Francfort, 28 novembre 1842, 1/2 page in-8 oblong.

EVERS (Charles).

78. Morceau de musique autographe signé ; Dresde, 1844, 1 page in-18 oblong.

EYBLER (Joseph).

79. Morceau de musique avec paroles autographes, 2 pages in-4 oblong.

Belle pièce provenant de la collection d'Aloys Füchs.

FAHRBACH (Philippe).

80. Morceau de musique autographe signé ; 1 page in-32 oblong. Jolie pièce.

FERNI (Mlles Caroli.. et Virginie).

81. Lettre autographe signée de Caroline Ferni, signée aussi par sa sœur Virginie; Bâle, 20 novembre 1854, 2 pages 1/3 in-4. Curieuse.

FLOTOW (Fréd.-Ferd. de).

82. Lettre autographe signée, en français, à Anténor Joly; (1846), 1 page in-8.

Il lui demande de rendre compte favorablement, dans le journal l'*Epoque*, de son opéra : *L'Ame en peine.*

FLOTOW (Fréd.-Ferd. de).

83. Lettre signée, signée aussi par Carafa, H. Berton et E. de Planard; 2 septembre 1840, 2 pages in-4.

Curieuse lettre relative à la création d'un second théâtre d'opéra-comique pour les jeunes compositeurs.

FLOTOW (Fréd.-Ferd. de).

84. Manuscrit avec paroles autographes, en français; 47 pages in-4.

Important manuscrit. Original de la partition de la *Veuve Grapin.*

FLOTOW (Fréd.-Ferd. de).

85. *Uno schivo a Fatmé*, morceau de musique avec paroles autographes, en italien; 1 page 1/2 in-4.

FRANCHOMME (Auguste).

86. Morceau de musique autographe signé; Paris, 13 juin 1857, 1 page in-4 oblong.

FUMAGALLI (Adolphe).

87. Lettre autographe signée à un éditeur; Paris, 30 avril (1853), 3 pages in-8.

Spirituelle lettre à laquelle on a joint un dessin au crayon signé de Fumagalli et représentant une hallebarde.

GASTINEL (L.-G.-C.).

88. *Scherzoso*, morceau de musique autographe signé; 1859, 1 page in-4.

GÉRALDY (J.-A.-J.).

89. 1° Lettre autographe signée ; 1858, 1 page 1/2 in-8 ; 2° Morceau de musique autographe signé ; 3/4 de page in-4.

GIBERT (Paul-César).

90. Lettre autographe signée à Favart ; 2 pages 1/2 in-4, cachet camée.

Curieuse lettre toute relative à l'opéra de *Soliman ou les Trois Sultanes* dont les paroles étaient de Favart. La reine (Marie-Antoinette) a demandé à entendre cet opéra à Fontainebleau.

GLINKA (Michel de).

91. *Gran Sestetto per P. F. (pianoforte), violino 1°, violino 2°, viola, violoncello e basso ;* manuscrit autographe ; 1832, 93 pages in-4 oblong. *Très rare.*

Important et précieux manuscrit.

GLINKA (Michel de).

92. *Serenata sopra a motivi dell' Anna Bolena*, manuscrit autographe ; (1832), 44 pages in-4 oblong.

Les manuscrits de ce célèbre compositeur russe sont de toute rareté.

GLUCK (Christophe).

93. Lettre autographe, signée à la troisième personne, en français, à M. de Gontard, 1 page in-8. *Très rare.*

Précieux autographe. Gluck prévient son correspondant qu'on ne vend à Vienne aucun opéra en langue française et qu'il ne trouvera dans cette ville qu'*Alceste* et *Paris et Hélène* en italien. « Votre correspondant trouvera les opéras qu'il souhaite facilement à Paris : *Iphigénie en Aulide, Alceste* et *Orfée* chez M. Marchand, rue Grainelle-Saint-Honoré ; *Iphigénie en Tauride* chez M. Mathon en son magasin, où il trouvera aussi *Armide*, peut-être le meilleur ouvrage des miens et qui mérite bien d'être du nombre de la collection de votre ami. »

GORDIGIANI (Louis).

94. Morceau de musique autographe signé, dédié à Carlotta Patti ; Paris, 1855, 1 page in-8 oblong.

GOSSEC (François).

95. Lettre autographe signée; 1773, 3/4 de page in-4. Jolie lettre.

GOSSEC (François).

96. Lettre autographe signée (au compositeur Guénin); Paris, 5 pluviôse an III (23 janvier 1795); 3 pages 1/2 in-4.

Très belle lettre écrite pendant la Révolution. Il le félicite de se livrer en Amérique à la composition musicale et lui adresse un *Essai sur l'harmonie* où il a résumé les théories de tous les peuples dans tous les temps; de Rosiers, qui part pour Niewiork (New-York) le lui remettra. Il parle encore du littérateur Gersin et d'Adet, chargé d'affaires à Philadelphie. Il termine sa lettre ainsi : *Vive la République française.*

GOSSEC (François).

97. Morceau de musique autographe, 2 pages in-4.

GOUNOD (Charles).

98. Lettre autographe signée; 19 avril 1855, 1 page in-8.

Jolie lettre : « Je suis très-fier que la pensée vous soit venue d'associer mon nom qui n'est rien moins qu'illustre à une collection de noms célèbres; l'intérêt que je pourrai donner à ce recueil ne vaut assurément pas l'éclat que j'en retirerai. »

GOUNOD (Charles).

99. Lettre autographe signée; 13 mai 1883, 2 pages 1/2 in-8.

Jolie lettre : « Je ne sais ni *quand*, ni *si Rédemption* sera jouée à Paris. »

GRÉTRY (André-Modeste).

100. Lettre autographe signée aux citoyens composant la section Lepelletier, à Paris; 4 floréal an II, 1 page in-4.

Par suite de l'arrestation du citoyen Potier de Lille, imprimeur, il réclame les planches d'étain de 28 opéras : « Ces opéras sont trop connus pour qu'on puisse douter qu'ils ne m'appartiennent. »

GRÉTRY (André-Modeste).

101. Lettre autographe signée à la troisième personne; Paris, 14 janvier 1786, 1/2 page in-8.

Il croit qu'on peut faire imprimer sans danger la préface du *Baron d'Otrante*, opéra-comique de Voltaire.

GRÉTRY (André-Modeste).

102. Manuscrit autographe ; (1797), 60 pages in-4.

Important manuscrit. Fragment de ses *Mémoires*, contenant le chapitre 26 du troisième volume, ayant pour titre : *Du souvenir des peines ; de la réminiscence du plaisir.*

GRISAR (Albert).

103. Lettre autographe signée ; 1 page in-8.

Au sujet de *Lady Melvil.*

GRISAR (Albert).

104. Morceau de musique avec paroles autographes, 1 page in-8 oblong.

GUÉNIN (M.-Alexandre).

105. Lettre autographe signée ; 21 novembre 1826, 1 page in-8.

La signature de Guénin offre cette particularité curieuse que le paraphe représente un violon avec son archet.

GYROWETZ (Adalbert).

106. Lettre autogaphe signée ; Vienne, 12 mai 1823, 1 page in-4. Belle lettre.

GYROWETZ (Adalbert).

107. *Quartette vocal*, morceau de musique autographe, 1 page 3/4 in-4 oblong.

HABENECK (Joseph).

108. Lettre autographe signée au comte de Ruolz; 1/2 page in-8.

HALÉVY (Fromental).

109. Lettre autographe signée, 2 pages in-8.

Toute relative à l'un de ses opéras.

HALÉVY (Fromental).

110. *La Loterie de Merlhaf, complainte à trois voix*, morceau de musique avec paroles autographes signées ; 1836, 1 page in-4 oblong.

Joli morceau inédit fait pour l'album d'un amateur.

HALÉVY (Fromental).

111. Morceau de musique avec paroles autographes, 3/4 de page in-4.

Romance inédite.

HALM (Antoine).

112. Morceau de musique autographe signé : 1 page in-32 oblong.

HARTOG (Edouard de).

113. Lettre autographe signée au docteur Cordier ; Amsterdam, 14 janvier 1817, 1 page 1/3 in-4.

HAUPTMANN (Maurice).

114. Morceau de musique autographe signé ; Leipzig, 7 juin 1846, 1/2 page in-8 oblong.

HAUSER (Miska).

115. *Scherzo*, morceau de musique autographe signé ; Cincinnati, 26 juin 1851, 1 page in-8 oblong.

HAYDN (Michel).

116. *Menuets pour divers instruments*, manuscrit autographes signé, 12 pages in-4 oblong, portant en titre ces mots : *Menuetti a piu Stromenti di G. Mich. Haydn*, et se terminant par cette date : 7 Martij 1791.

HELLER (Stéphen).

117. Lettre autographe signée, en français, à l'éditeur, Benacci, 1 page in-8.

HÉROLD (Ferdinand).

118. Lettre autographe signée à M. Cramaille; 3 pages in-8. Légère déchirure atteignant la fin de trois lignes.

Intéressante lettre toute relative à la vente d'une maison dont il était propriétaire, rue du Berry, n° 4; il en demande 140,000 fr. Curieux détails.

HÉROLD (Ferdinand).

119. Lettre autographe signée à M. de Vatry; 1 page in-8.

HERVÉ (Florimond *Ronger*, dit).

120. Lettre autographe signée à Bridault; 1866, 2 pages 1/4 in-18.

Au sujet du *Gentil Lutin*.

HERVÉ (Florimond *Ronger*, dit).

121. *Couplets des Cabaretières, chantés dans l'Œil crevé*, morceau de musique avec paroles autographes signées ; 2 pages in-4.

HERZ (Jacques-Simon).

122. *Andante*, morceau de musique autographe signé; 1876, 1 page in-8. Au dos se trouve un morceau autographe signé de Henry Ketten.

HILLER (Ferdinand).

123. Lettre autographe signée, 1 page in-8.

HILLER (Ferdinand).

124. *Rèverie*, morceau de musique autographe signé; Milan, 21 septembre 1838, 2 pages in-4. Belle pièce.

HUMMEL (Jean-Népomucène).

125. Lettre autographe signée, en français, à Jouy ; Weimar, 18 juillet 1828, 2 pages 1/2 in-4. Légers raccommodages.

Son état de santé ne lui permet pas de faire la musique de l'*Amazone*, dont le livret était de Jouy.

HUMMEL (Jean-Népomucène).

126. Lettre autographe signée, en italien, au compositeur Unia, à Turin; Weimar, 1er octobre 1835, 2 pages 1/2 in-4. Superbe lettre.

HUTH (Louis).

127. Morceau de musique avec paroles autographes signées; Dresde, 1838, 1 page in-8 oblong. Jolie pièce d'amateur.

JADIN (Louis-Emmanuel).

128. Lettre autographe signée à l'éditeur Kunnel, à Leipzig; 1er novembre 1808, 2 pages in-4. Cachet camée. Raccommodage.

Intéressante lettre au sujet de la cession de trois sonates et d'un concerto.

JOACHIM (Joseph).

129. Lettre autographe signée à un éditeur; Hanovre, 14 novembre 1857, 4 pages in-8.

Au sujet de l'impression de ses *Œuvres*; il y parle de fragments d'Hamlet, de morceaux exécutés dans les concerts Lipinsky, etc.

JOMELLI (Nicolas).

130. *Aria*, morceau de musique avec paroles autographes, 30 pages in-4 obl. *Rare*.

JONAS (Emile).

131. Lettre autographe signée à Siraudin; La Haye, 3 février 1871, 2 pages in-8.

Sur une pièce de Siraudin intitulée *Lucrèce*, dont il devait faire la musique.

JONAS (Emile).

132. *Les deux Arlequins*, romance, morceau de musique avec paroles autographes signées; 1870, 1 page in-8 oblong. Jolie pièce d'amateur.

Extrait de l'opérette des *Deux Arlequins*, qui fut représentée avec beaucoup de succès en 1866, au théâtre des Fantaisies-Parisiennes.

KALKBRENNER (Frédéric-Guillaume).

133. Lettre autographe signée, en français, à un compositeur ; Paris, 22 février 1848, 4 pages in-8.

Belle et curieuse lettre contenant son opinion sur le Conservatoire de Paris.

KALKBRENNER (Frédéric-Guillaume).

134. *Menuetto*, morceau de musique autographe signé ; Londres, 13 mai 1848, 1 page in-8 obl.

KITTL (Jean-Frédéric).

135. *Winterlied*, morceau de musique avec paroles autographes signées (signature raturée) ; 1 page in-8. Légères déchirures.

KONTSKI (Antoine de).

136. Lettre autographe signée, en français ; (1847), 1 page in-4. Curieuse.

KOTZWARA (François).

137. Pièce autographe signée, en anglais ; 1780, 1 page in-18 oblong.

LA BORDE (J.-Benjamin de).

138. Lettre autographe signée à la 3e personne au libraire Lamy ; (1785), 3/4 de page in-4. *Rare*.

LACHNER (Franz).

139. Lettre autographe signée ; 1835, 1 p. in-4.

LACHNER (Franz).

140. Morceau de musique avec paroles autographes signées, 2 pages in-4 oblong.

LANNER (J.-F.-C.)

141. Recueil de musique autographe signé ; 1835, un fort volume in-4 oblong, relié.

Important manuscrit. Répertoire des œuvres composées par lui avec une indication thématique pour chacun des morceaux.

LANNER (J.-F.-C.).

142. Morceau de musique autographe; 6 pages in-4.

Final d'un morceau de danse arrangé d'après la *Straniera*, de Bellini.

LANNOY (Edouard, baron de).

143. *Mezza note*, morceau de musique autographe signé; Bruxelles, 1846, 6 pages in-4.

LE BRUN (Louis-Sébastien).

144. *Romance*, morceau de musique avec paroles autographes signées; (1803), 2 pages in-8 oblong.

LECOCQ (Charles).

145. Lettre autographe signée; 1888, 1 page in-8.

Relative à la *Fille de Madame Angot.*

LEGRENZI (Giovanni).

146. Lettre autographe signée; 1684, 1 page in-folio. *Rare.*

LESUEUR (Jean-François).

147. Lettre autographe signée à Chenard; 1821, 1 page in-8.

Relative à une messe qu'il vient de composer.

LESUEUR (Jean-François).

148. *La mort d'Adam*, morceau de musique autographe, 2 pages in-4.

Fragment pour le ballet de cet opéra.

LINDPAINTNER (Pierre-Joseph).

149. Lettre autographe signée; 1852, 1 page in-4.

LINDPAINTNER (Pierre-Joseph).

150. Morceau de musique avec paroles autographes signées; 1839, 1 page in-4 oblong.

LISZT (F.).

151. Lettre autographe signée, en français, à l'éditeur Benacci, à Lyon ; (1844), 5 pages in-8.

Superbe et intéressante lettre. « Comment faire et s'y prendre pour rentrer un peu en soi, penser en songe creux, écrire des lettres ou gribouiller du papier de musique, tandis que le tambour de mes concerts bat constamment aux champs et que Bellini ne cesse de frapper de la grosse caisse à tous les coins de rue. » Il compte avant de partir pour l'Espagne lui adresser les nocturnes et sonnets de Pétrarque, en attendant la Clochette ; il n'y manque que « le *flon* final ».

LISZT (F.).

152. Lettre autographe signée à un éditeur ; Weimar, 9 mai 1859, 4 pages in-8.

Très belle lettre toute relative à l'impression d'un quartetto sur lequel il donne les plus grands détails ; elle contient en outre plusieurs notes musicales.

LISZT (F.).

153. *Introduction des Variations sur une marche du Siège de Corinthe*, morceau de musique autographe signé ; 1830, 4 pages in-4.

Superbe pièce avec dédicace en français à Aloys Füchs.

LISZT (F.).

154. *Preludio*, morceau de musique autographe signé ; 1841, 1 page in-4.

LISZT (F.).

155. Morceau de musique autographe ; 1857, 4 pages in-4.

Introduction à l'*Orgia* de Rossini, adaptation pour piano.

LITOLFF (Henri).

156. Lettre autographe signée, en français, à un éditeur de musique ; Brunswick, 2 mai 1856, 2 pages in-8. Cachet.

Curieuse lettre sur la manière de faire connaître ses ouvrages en France, « le seul pays où on apprécie les artistes. »

LITOLFF (Henri).

157. Lettre autographe signée, en français ; Brunswick, 9 avril 1857, 3 pages in-8. Curieuse.

LORTZING (Gustave-Albert).

158. Lettre autographe signée aux éditeurs Breitkopf et Hartel; 1838, 1 page in-4.

LVOFF (Alexis).

159. Morceau de musique autographe signé; 1840, 1 page in-8 oblong.

MANNA (Ruggero).

160. 1° Lettre autographe signée; 1852, 1 page in-4. — 2° Morceau de musique autographe, 3 pages 1/4 in-4 oblong.

MARLIANI (le comte Aurèle).

161. Lettre autographe signée, en français; 1 page in-8.

MARSAND (le père Anselme).

162. *Agonia à 3 sole voci*, manuscrit avec paroles autographes signées; 1816, 35 pages in-4 oblong. *Rare.*

Important manuscrit.

MARSCHNER (Henri).

163. Lettre autographe signée; 1 page in-8.

MARSCHNER (Henri).

164. *Geheimniss, de Kletke*, morceau de musique avec paroles autographes signées; 1 page 1/2 in-4 oblong. Légère déchirure.

MARTINI (J.-B.).

165. Lettre autographe signée; Bologne, 16 novembre 1762, 2 pages in-4. Légère déchirure.

Recommandation en faveur de l'ecclésiastique Romaldo Viacchi, qui recherche dans les œuvres de Saint-Jean Damascène, imprimées ou manuscrites, les notes musicales dont le saint docteur s'est servi pour exprimer le chant des octoteuques ou des huit tons musicaux ecclésiastiques.

MARTINI (J.-B.).

166. Pièce autographe ; 2 pages in-8.

Curieuse pièce. Liste des compositeurs de musique dont les œuvres ont été représentées à Bologne.

MASSÉ (Victor).

167. Lettre autographe signée; 1860, 1 page in-8.

MASSENET (J.).

168. Lettre autographe signée, 1 page in-8.

MATHIAS (Georges).

169. 1° Lettre autographe signée ; 1872, 1/2 page in-8. — 2° Morceau de musique autographe signé, 1 page 1/2 in-4 oblong.

MÉHUL (Etienne-Nicolas).

170. Morceau de musique autographe, 1 page 1/2 in-4. Ecornure.

MEMBRÉE (Edmond).

171. Lettre autographe signée (à Auber), 1 page in-8.

Jolie lettre qu'il signe : « Votre reconnaissant disciple et admirateur. »

MENDELSSOHN-BARTHOLDY (Félix).

172. Lettre autographe signée, en français, à l'éditeur Benacci, à Lyon ; Leipzig, 23 novembre 1842, 2 pages 1/2 in-4. Cachet. *Rare en français.*

Magnifique lettre sur ses ouvrages et dans laquelle il parle de la publication, en français, de sa *Symphonie*, de six *Lieder*, etc. Quant aux exercices qu'il lui demande, il ne peut le satisfaire, n'ayant encore rien écrit en ce genre. Il n'est pas d'avis qu'il annonce ses ouvrages à l'avance. « J'ai toujours eu une certaine répugnance d'entendre parler au public d'ouvrages qui ne sont pas encore écrits. » Il l'engage à venir le voir, c'est avec plaisir qu'il le recevra en « bon bourgeois saxon ».

MENDELSSOHN-BARTHOLDY (Félix).

173. Lettre autographe signée, en français ; Leipzig, 10 septembre 1845, 1/2 page in-8. *Rare en français.*

MERCADANTE (Saverio).

174. Lettre autographe signée à madame Fortunée Tedesco; Naples, 1er février 1817, 2 pages 1/2 in-4. Belle lettre.

MERCADENTE (Saverio).

175. *Il Meriggio, poesia di domenico Aurelmi*, manuscrit autographe signé ; 33 pages in-4 obl.

MERCADENTE (Saverio).

176. Morceau de musique avec paroles autographes signées; Naples, 1814, 3 pages in-4 obl.

MERMET (Auguste).

177. Lettre autographe signée à M. Déoddé, 1 page in-8.

MESSAGER (André).

178. Lettre autographe signée, 1 page 3/4 in-8. Curieuse.

MEYERBEER (Giacomo).

179. Lettre autographe signée *Beer* à son frère Guillaume Beer, astronome distingué; Venise, 6 novembre 1822, 2 pages in-4. Cachet.

Belle et intéressante lettre sur ses ouvrages. Il y parle du succès de sa *Margherita d'Anjou* qui est, pour la plus grande part, dû à Rosa Mariani et à Meietti : il espère un semblable sort pour l'*Esule di Granata*. En terminant, il demande à son frère des nouvelles de leur mère.

MEYERBEER (Giacomo).

180. Lettre autographe signée, en français, au directeur du théâtre Feydeau ; Berlin, 26 juillet 1828, 1 page 1/2 in-4.

Sur son opéra de *Robert-le-Diable*.

MEYERBEER (Giacomo).

181. Lettre autographe signée, en français, au compositeur Lesueur ; (1831), 1 p. 1/4 in-8.

Curieuse lettre sur *Robert-le-Diable* : « C'est bien hardi à moi d'oser vous inviter d'assister ce soir à la première représentation de mon opéra, à un théâtre que vous avez illustré de vos chefs-d'œuvre. Mais je sais d'expérience que l'illustre auteur des *Bardes* est tout aussi indulgent et bienveillant juge des autres qu'il est grand et classique compositeur lui-même. »

MEYERBEER (Giacomo).

182. Lettre autographe signée, en français, à Ingres; 1 page in-8.

Jolie lettre où il lui annonce qu'il vient d'être nommé membre de l'Académie royale des Beaux-Arts de Berlin. « J'en suis fier et heureux pour notre Académie, cher et illustre confrère. »

MILANOLLO (Thérésa).

183. Morceau de musique autographe signé; Francfort, 1843, 1 page in-8 oblong. Jolie pièce d'amateur.

MILTITZ (Charles-Borromée de).

184. Morceau de musique autographe signé; 1839, 5 pages in-18 oblong.

MISLIWECZEK (Jos.).

185. Morceau de musique avec paroles autographes; 23 pages in-4 oblong. *Rare.*

Très belle partition contenant une partie de son opéra de *Tamerlano.*

MOMIGNY (Jérôme-Joseph de).

186. Lettre autographe signée à la troisième personne à La Bouisse-Rochefort, 1/2 page in-8.

MOSCHELES (Ignace).

187. Lettre autographe signée, en français, 2 pages in-18.

MOZART (Wolfgang-Amédée).

188. Lettre autographe signée à M. de Hofdeme; 3/4 de page in-4. Cachet.

Précieuse lettre où il lui demande de lui prêter 100 ducats, garantis par ses appointements.

MOZART (Wolfgang-Amédée).

189. Quintetto pour piano, hautbois, clarinette, cor et basson; manuscrit autographe; (1784), 2 pages 3/4 in-4 oblong.

Première esquisse du finale du Quintette pour piano, hautbois, clarinette, cor et basson, composé à Vienne le 30 mars 1784. Il manque les 31 mesures du commencement et les 25 mesures de la fin. Ce manuscrit est évidemment le brouillon primitif de cette composition célèbre, au sujet de laquelle Mozart écrivait à son père, le 10 avril 1784 : « Je tiens la chose pour la meilleure que j'aie encore écrite de ma vie. » Dans cette esquisse, la partie des instruments à vent est disposée sur deux portées, comme une sorte de réduction pour piano, et laisse voir quelques différences avec le morceau terminé tel qu'il a été gravé. On y a joint : 1° un exemplaire de ce quintette, arrangé en quatuor pour piano, violon, alto et violoncelle, et publié à Vienne par Tobios Haslinger, n° 2,729; 2° un certificat d'authenticité donné par Kochel, auteur du catalogue des œuvres de Mozart, et confirmé par Johann Kafka, à qui ce précieux manuscrit a appartenu jusqu'en 1881.

MOZART (Wolfgang-Amédée).

190. Manuscrit de musique avec paroles autographes signées; 2 pages in-4 oblong. Un peu fatigué. Légère tache.

Précieuse pièce de la première période de Mozart. Elle contient deux chansons composées par lui à l'âge de douze ans. Elles figurent dans le catalogue de *Kochel* sous les n°s 52 et 53.

MOZART (Wolfgang-Amédée).

191. *Sonate à 2 cembali*, morceau de musique autographe; 2 pages 1/4 in-4 oblong.

Précieux manuscrit.

MOZART (Marie-Anne).

192. Lettre autographe signée à son fils, le baron de Berchthold-Sonnenbourg, à Linz, 1 page in-folio.

Lettre intime. Elle lui envoie des livres et des vêtements; lui recommande d'être assidu à l'étude et de prendre soin parmi les livres d'un ouvrage sur Mozart.

MULLER (Auguste-Eberhard).

193. Lettre autographe signée à un éditeur; Weimar, 21 décembre 1812, 4 pages in-4. *Rare.*

Très-curieuse lettre. Il lui demande quelques nouveautés musicales et lui annonce le passage de Napoléon Ier à Weimar à sun retour de Russie; l'empereur, caché dans ses fourrures, voyageait dans une mauvaise calèche de poste; MM. de Montesquiou et de Saint-Aignan étaient prévenus de son passage; le mameluck Roustan suivait l'empereur avec les bagages; la chaise de poste de Napoléon avait été brisée près de Nuremberg.

NÆGELI (Jean-Georges).

194. Lettre autographe signée à Simon Sechter; 1825, 1 page in-4.

NAUMANN (Johann-Gotlieb).

195. Lettre autographe signée à sa mère ; Stockholm, 1782, 4 pages in-4.

Belle lettre où il parle d'un nouvel opéra, dont il s'occupe et auquel s'intéresse le roi Gustave III.

NICOLO (Nicolas *Isouard*, dit).

196. Lettre autographe signée à Etienne, 2/3 de page in-8.

NIEDERMEYER (Louis).

197. Lettre autographe signée, en français ; 1856, 1 page in-8.

OFFENBACH (Jacques).

198. Lettre autographe signée à un directeur de théâtre ; Nice, 18 novembre 1878, 3 pages 1/2 in-8.

Jolie lettre toute relative à l'un de ses ouvrages.

OFFENBACH (Jacques).

199. *La Chatte blanche*, manuscrit avec paroles autographes signées; Paris, 2 février 1875, 13 pages in-4 oblong.

Variantes pour cet opéra.

ONSLOW (George).

200. Lettre autographe signée; 1838, 1 page 1/2 in-8.

Relative à son opéra : *Le duc de Guise*.

PAER (Ferdinand).

201. Lettre autographe signée; 1 page in-8.

PAGANINI (Nicolo).

202. Lettre autographiée signée; 15 juin 1828, 1 page in-8.

PAGANINI (Nicolo).

203. Lettre autographiée signée à M. Aliani, directeur d'orchestre à Vicence ; Marseille, 26 avril 1839, 2 pages in-8.

Superbe lettre. Il lui donne des nouvelles de sa mauvaise santé et le prie de lui procurer deux violons, l'un de Guiseppe Guerriari, dit *del Gesu*, et l'autre de Stradivarius.

PAGANINI (Nicolo).

204. *Air napolitain*, pour le piano-forte, morceau de musique autographe signé ; Monaco, 26 novembre 1829, 1 page in-8 oblong. Très belle pièce. *Rare comme musique.*

PAISIELLO (Jean).

205. Lettre autographiée signée à Lesueur ; Naples, 4 décembre 1809, 3 pages in-4.

Magnifique lettre. Il le félicite de plaire à la cour impériale par sa musique sacrée comme par sa musique profane. Il a l'intention de faire traduire, en français, son opéra de *Proserpine* et de le faire jouer sur le théâtre des Tuileries ; il le prie de pressentir l'Empereur à ce sujet.

PALADILHE (Emile).

206. Lettre autographe signée ; 1881, 1 page in-8.

PALADILHE (Emile).

207. Manuscrit avec paroles autographes ; (juin 1879), 2 pages in-4.

Chanson dont les paroles sont de V. Cherbuliez. (Extrait de *Ladislas Bolski*.)

PANOFKA (Henri).

208. Lettre autographiée signée, en français, 1 page in-8.

PANOFKA (Henri).

209. *Il tradito, canzone*, morceau de musique avec paroles autographes signées ; 2 pages 1/2 in-4 oblong.

PANSERON (Auguste-Mathieu).

210. Lettre autographiée signée ; 1837, 1 page 3/4 in-8. Légères taches.

PARTENIO (Jean-Dominique).

211. *De profundis à 8 voci*, manuscrit avec paroles autographes ; 21 juillet 1700, 18 pages in-4 oblong.

PASDELOUP (Jules-Etienne).

212. Lettre autographe signée à M. Michel ; 3 pages in-8.

PEDROTTI (Charles).

213. 1° Lettre autographe signée ; 1 page in-8. — 2° *Canzonetta per baritono*, morceau de musique avec paroles autographes signées ; 5 pages in-4 oblong.

PERGOLESE (Jean-Baptiste).

214. *Messa a piu voci e piccola orchestra*, manuscrit avec paroles autographes signées ; 78 pages in-4 oblong. *Très rare.*

Les manuscrits de Pergolèse sont de la plus grande rareté : celui-ci, par suite de son importance, est des plus précieux. D'après une note jointe et qui donne de curieuses indications sur son origine, il aurait appartenu au célèbre Nicolas Piccinni.

PERILLO (Salvatore).

215. *Messa di Requiem a tre voci*, manuscrit avec paroles autographes signées ; 26 pages in-4 oblong. *Rare.*

PERNE (François-Louis).

216. Lettre autographe signée à Choron ; 1817, 1 page 3/4 in-8.

PERTI (Jacques-Antoine).

217. Lettre autographe signée au comte Albergati ; Bologne, 6 décembre 1721, 1 page in-4. Belle lettre.

PERUCCHINI (Jean-Baptiste).

218. Lettre autographe signée à M. Balbi-Valier ; 1 page in-4. Cachet.

PETRELLA (Errico).

219. *Nel Mario Visconti*, romance, morceau de musique avec paroles autographes signées ; 1854, 2 pages in-4 oblong.

PHILIDOR (François-André *Danican*.)

220. Lettre autographe signée à sa femme ; Londres, 5 janvier 1790, 2 pages in-4. *Rare*.

Curieuse lettre où il parle du marquis de Favras.

PICCINNI (Nicolas).

221. Lettre autographe signée, en français, à Marmontel ; Château de la Ferté, 22 octobre 1782, 3 pages in-4. *Très rare*.

Superbe et importante lettre toute relative au célèbre opéra de *Didon*. Il discute à propos d'un air modifié par Marmontel, qui ne l'avait même pas prévenu, et donne son appréciation sur la valeur de l'ouvrage : « La lecture de votre nouvel opéra-comique ne pourroit qu'enchanter tous les spectateurs et avoir le plus grand succès. Je souhaite à mon tour que ma musique puisse en avoir autant quand cet ouvrage paraîtra en public... »

PICCINNI (Nicolas).

222. Lettre signée ; an VIII, 1 page in-4.

Curieuse lettre au sujet de sa triste situation.

PICCINNI (Nicolas).

223. Morceau de musique avec paroles autographes, 1 page 3/4 in-4 oblong. *Très rare*.

Précieux morceau certifié par son fils Louis Piccinni.

PICCINNI (Louis).

224. Lettre autographe signée ; 1817, 1 page in-4.

Au sujet de sa composition le *Chant du retour*.

PLACHY (Wenceslas).

225. Morceau de musique avec paroles autographes signées. 1 page in-32 oblong.

PLANQUETTE (Robert).

226. Lettre autographe signée ; 1877, 1 page in-8.

PLANTADE (Charles-Henri).

227. Lettre autographe signée ; 1 page in-8.

PLEYEL (Ignace).

228. Lettre autographe signée à Hoffmeister et Kühnel, à Leipzig ; Paris, 11 février 1801, 3 pages in-4.

Très belle lettre toute relative à la musique.

POFFA (Jean-François).

229. Morceau de musique avec paroles autographes signées ; 19 pages 1/3 in-4 oblong.

POISE (J.-A.-F.).

230. Lettre autographe signée ; 1 page in-8.

PONIATOWSKI (le prince Jean).

231. Lettre autographe signée, en français, 1 page in-8.

PROCH (Henri).

232. Lettre autographe signée ; 1866, 2 pages in-8. Intéressante.

PROCH (Henri).

233. *Das letzte Lied*, morceau de musique avec paroles autographes signées, 1845, 6 pages in-4 oblong.

PRUDENT (Emile).

234. Lettre autographe signée à M. Frelon ; 1854, 2 pages in-8.

RAVINA (Jean-Henri).

235. Morceau de musique avec paroles autographes signées ; 1871, 4 pages in-18 oblong.

REBER (Henri).

236. Lettre autographe signée ; 1870, 1 page in-8. Jolie lettre.

REBER (Henri).

237. *Blessures*, poésie de Henri Taupin, morceau de musique avec paroles autographes signées ; 5 pages in-folio.

REICHA (Antoine).

238. Lettre autographe signée, en français, 3/4 de page in-8.

REICHARDT (Joseph-Frédéric).

239. Lettre autographe signée, en anglais, à Joseph Banks ; Berlin, 26 mai 1799, 2 pages in-4. Avec la minute autographe de la réponse de Banks.

REISSIGER (Ch.-Th.).

240. Morceau de musique avec paroles autographes signées ; Dresde, 1846, 1/2 page in-8 oblong.

REYER (E.).

241. Lettre autographe signée, 1 page in-8.

RICCI (Frederico).

242. Lettre autographe signée à Giulia Grisi ; 3 pages, in-8. Intéressante.

RIEDER (Ambroise).

243. *Fughetta*, morceau de musique autographe signé ; 1835, 2 pages in-32 oblong.

RIES (Ferd.).

244. Lettre autographe signée à Hummel ; Francfort-sur-le-Mein, 13 fév. 1835, 2 pages in-4.

Belle et intéressante lettre. Il lui recommande divers morceaux et partitions et surtout la *Nuit sur le Liban* ; il trouve que le théâtre de Weimar se laisse aller trop facilement aux reprises ; il devrait donner plus d'œuvres nouvelles.

RIES (Ferd.).

245. *Polonaise of the Opera « The Robbers bride »*, morceau de musique autographe signé, 1830, 7 pages in-4.

RIETZ (Julius).

246. Morceau de musique autographe signé; Leipzig, 1854, 1 page in-8 oblong. Jolie pièce.

ROSENHAIN (Jacq.).

247. Lettre autographe signée, en français; Londres, 1837, 1 page in-4. Relative à plusieurs de ses compositions.

ROSSINI (Joachim).

248. Lettre autographe signée, en français, (au vicomte de La Rochefoucauld); Bologne, 4 mai 1830, 2 pages in-4.

Curieuse lettre où il annonce qu'il est toujours dans l'attente de son poème; il espérait profiter de son séjour à la campagne « pour pousser vivement mon opéra, car je tiens à vous prouver, par mon travail et mon zèle, tout mon dévouement, mon attachement et le désir que j'ai toujours de vous plaire; mais je ne puis travailler sans poème! Et cependant, sauf *Chambord*, on n'a rien donné depuis mon départ à l'Opéra. »

ROSSINI (Joachim).

249. Lettre autographe signée; Paris, 1864, 1 page in-4. Très belle lettre.

ROSSINI (Joachim).

250. *Milagnero*, morceau de musique avec paroles autographes signées; 1852, 1 page in-8 oblong.

RUBINSTEIN (Antoine).

251. *Allegretto*, morceau de musique autographe signé; 1867, 1 page in-8.

RUOLZ (le comte de).

252. Lettre autographe signée; Marseille, 1866, 1 page 3/4 in-8.

SACCHINI (A.-M.-G.).

253. Partition non autographe avec une dédicace de deux lignes autographes à Mme Francesca Bazin; 11 juin 1786, 42 pages in-4 oblong. (Collection Cherubini).

SAINT-SAËNS (C.).

254. Lettre autographe signée, 1 page in-8.

SALIERI (Antoine).

255. *Musica interessantissima,* morceau de musique avec paroles autographes signées ; 2 pages in-4 oblong. Curieuse pièce.

SALIERI (Antoine).

256. Morceau de musique avec paroles autographes signées, 1771, 3 pages 1/2 in-4 oblong. Très belle pièce.

SALVAYRE (Gervais-Bernard).

257. Lettre autographe signée ; 1 page in-8.

SALVAYRE (Gervais-Bernard).

258. *Dolce cantabile, violoncello solo,* morceau de musique autographe signé ; 1 page in-8 oblong.

SAN-MARTINI (Jean-Baptiste).

259. *Gloria à 4 sinfonia,* manuscrit avec paroles autographes signées ; 24 pages in-4 oblong. Légère tache. *Rare.*

SANTARELLI (Joseph).

260. Lettre autographe (minute) ; 1743, 2 pages 1/2 in-4. Déchirure enlevant la partie blanche du second feuillet. *Rare.*

SARASATE (Martin-Meliton).

261. Lettre autographe signé ; 1 page in-8. Curieuse.

SARATELLI (Jacques-Joseph).

262. Morceau de musique avec paroles autographes ; 6 pages in-4 oblong.

SARTI (Joseph).

263. *Salve Regina,* morceau de musique autographe signé ; 2 pages in-4 oblong. Très belle pièce. *Rare.*

SAYVE (Auguste, comte de).

264. Lettre autographe signée à l'éditeur Janet, 1 page in-4.

SCARLATTI (Joseph).

265. *Cantata componimento per musica da cantarsi nel giorno natalisio della sagra Real Maesta di Maria Amalior Walburga, regina delle due Sicilie, per comendamonto dell Eminentissimo et Reverendissimo principe D. Ivoiano Acquaviva,* manuscrit autographe signé ; 29 novembre 1739, 95 pages in-4 oblong.

Importante partition.

SCHENK (Jean).

266. Morceau de musique autographe ; 22 pages in-4 oblong. Provenant de la collection d'Aloys Füchs.

SCHMIDT (Gustave).

267. Morceau de musique avec paroles autographes signées, 2 pages in-8 oblong. Extrait de son opéra du *Prince Eugène.*

SCHNEITZ HOEFFER (Jean-Madeleine).

268. Lettre autographe signée, en français, 4 pages in-4. Curieuse.

SCHOLZ (Bernard).

269. Morceau de musique avec paroles autographes signées, 1/2 page in-8 oblong.

SCHUBERT (Franz).

270. *Cantate pour le jubilé de la cinquantaine du célèbre Antonio Salieri, maître de chapelle.* — Manuscrit avec paroles et musique autographe, 4 pages 1/2 in-4 oblong.

Précieuse pièce. Cette cantate faite par Schubert à l'âge de 19 ans en l'honneur de Salieri, qui était son professeur, fut composée en 1816, et exécutée le 16 juin de la même année. Elle n'a pas été imprimée et Schubert est l'auteur des paroles et de la musique.

SCHUBERT (Franz).

271. *Ouverture d'Alphonse* et *Estrella*, manuscrit autographe signé ; 1823, 18 pages in-4 oblong. *Rare.*

Très beau manuscrit.

SCHUBERT (Franz).

272. Morceau de musique autographe ; 2 pages in-4 oblong.

Fragment d'une chanson.

SCHULZ (Jean-Abraham-Pierre).

273. Lettre autographe signée, en français, à M. Dickinson, à Londres ; Copenhague, 23 juin 1789, 2 pages in-4, cachet.

Belle et intéressante lettre où il parle du prince Henri de Prusse qu'il à quitté à regret, ayant trouvé une situation plus avantageuse auprès du roi de Danemark.

SCHUMANN (Robert).

274. Lettre autographe signée aux éditeurs Breitkopf et Hartel, à Leipzig ; Vienne, 19 décembre 1838, 1 page in-4.

Curieuse lettre où il leur demande d'imprimer au plus tôt ses œuvres musicales, sous un pseudonyme.

SCHUMANN (Robert).

275. Lettre autographe signée aux éditeurs Breitkopf et Hartel, à Leipzig ; Dusseldorf, 26 octobre 1852, 1/2 page in-8.

SCHUMANN (Robert).

276. Lettre autographe signée ; Dusseldorf, 5 novembre 1853, 1 page in-8.

Il annonce que son prochain concert aura lieu le 15 décembre ; on y convoquera toutes les associations musicales.

SCHUMANN (Clara).

277. Lettre autographe signée ; Bade, 1866, 2 pages in-8. Jolie lettre.

SEMET (Théophile-Aimé-Emile).

278. Lettre autographe signée ; 2 pages in-8. Curieuse.

SERPETTE (G.).

279. Lettre autographe signée, 1 page in-8.

SERVAIS (Adrien-François).

280. Lettre autographe signée ; Namur, 25 mars 1855, 3 pages in-8.

SEYFRIED (Ignace-Xavier, chevalier de).

281. 1° Lettre autographe signée ; 1822, 1 page in-8. — 2° Pièce autographe, 2 pages in-8. Renseignements curieux sur Mozart.

SIVORI (Camille).

282. Lettre autographe signée, en français, à M. Duchène ; Liverpool, 14 décembre 1855, 1 page 1/2 in-8.

Jolie lettre sur sa tournée en Angleterre où il obtint partout un « immense succès ». Il prie son ami de faire feu des quatre pieds pour arriver à savoir si la cour, à Paris, lui destine « soit un cadeau, soit (ce que j'aimerais mieux) une distinction, soit enfin *rien du tout,* ce qui me paraît guère admissible, et ce que je ne voudrais pas, si on me laissait le choix des trois choses ci-dessus ! »

SIVORI (Camille).

283. *Andante*, morceau de musique autographe signé ; Londres, 1846, 1 page in-4 oblong.

SIVORI (Camille).

284. Morceau de musique autographe signé ; 1874, 1/2 page in-8 oblong.

SOWINSKY (Albert).

285. Lettre autographe signée, en français, à son collaborateur ; 4 pages in-18.

Curieuse lettre sur une de ses compositions.

SPEYER (Wilhelm).

286. Morceau de musique avec paroles autographes signées, en français ; 1840, 4 pages in-4 oblong. Belle pièce.

SPOHR (Louis).

287. Lettre autographe signée à M. Schmidt, directeur du théâtre de Hambourg ; Cassel, 1827, 1 page 1/4 in-4. Légère déchirure par suite de la rupture du cachet.

Il lui demande des renseignements sur Grund et Marschner.

SPOHR (Louis).

288. Lettre autographe signée à M. Vermeulen, à Rotterdam ; Cassel, 27 octobre 1845, 1 page 1/2 in-4. Très belle lettre.

SPONTINI (Gaspard).

289. Lettre autographe signée à M. Dauprat ; Paris, 26 mars 1811, 1 page in-4. Curieux papier à entête avec vignette.

Belle lettre où il le félicite du succès qu'il a obtenu au dernier concert dans « le charmant duo avec la harpe ».

SPONTINI (Gaspard).

290. Lettre autographe signée, en français, à une dame ; Londres, 6 juillet 1838, 3 pages 1/2 in-8.

Très belle lettre contenant la relation de l'accueil qu'il a reçu à Londres : « Recherché avec une extrême courtoisie de la secte musicale et scientifique anglaise, ainsi que de la noblesse, je goûtais avec satisfaction les effets résultants de mes faibles talents et d'un peu de réputation acquise par les travaux et la conduite de toute ma vie entière. »

SPONTINI (Gaspard).

291. Morceau de musique autographe ; 2 pages in-folio.

Fragment d'*Olimpia*, parties d'orchestre (bassons, trombone et tuba.)

SPONTINI (Gaspard).

292. 1° Mèches de cheveux de Spontini. — 2° Mèches de cheveux de Cherubini. Avec une lettre autographe signée de Maurice Schlesinger servant de certificat.

STADLER (l'abbé Maximilien).

293. Pièce autographe signée ; 1 page in-32 oblong. Jolie pièce d'amateur.

STADLER (l'abbé Maximilien).

294. *Graduale*, morceau de musique avec paroles autographes signées ; 2 pages in-4 oblong. Superbe pièce. *Rare.*

STRAUSS (Johann).

295. Lettre autographe signée à l'éditeur Haslinger ; Vienne, 30 octobre 1846, 2 pages 1/2 in-8. Ecornure.

Jolie lettre toute relative à l'impression de l'une de ses valses ; elle contient des notes musicales.

SUDRE (Jean-François).

296. Lettre autographe signée ; 1849, 2 pages in-8.

TADOLINI (Jean).

297. Lettre autographe signée ; 1815, 1 page in-8.

TADOLINI (Jean).

298. Morceau de musique avec paroles autographes ; 1843, 1 page in-4 oblong.

TAYBER (Antoine).

299. Morceau de musique avec paroles autographes signées, 4 pages in-4 oblong. Provenant de la collection d'Aloys Füchs.

TEDESCO (Ignace-Amédée).

300. *Sedlak ! Sedlak !* air national bohémien, morceau de musique autographe signé ; 1849, 4 pages in-4.

TELLEFSEN (T.-D.-A.).

301. Lettre autographe signée, en français ; 1 page 1/2 in-8.

TERZI (Alexandre).

302. Lettre autographe signée à Bernardino Baroni, à Lucques ; San Marcello, 1727, 1 page in-4.

Au sujet d'une cantate qu'il met en musique.

THALBERG (Sigismond).

303. *Irish Airs*, morceau de musique autographe signé ; Naples, 1863, 8 pages in-folio.

Très beau manuscrit.

THALBERG (Sigismond).

304. Morceau de musique autographe signé ; Paris, 1845, 1 page in-8 oblong. Jolie pièce d'amateur.

THOMAS (Ambroise).

305. Lettre autographe signée à l'éditeur Escudier ; (1856), 4 pages in-8.

Curieuse lettre toute relative à son opéra : *La Cour de Célimène*.

THOMAS (Ambroise).

306. Lettre autographe signée à Mme Baltard, 2 pages in-8.

THOMAS (Ambroise).

307. *Raymond ou le Secret de l'Argent*, valse, morceau de musique autographe, 4 pages in-folio. Belle pièce.

THOMAS (Ambroise).

308. Morceau de musique autographe signé ; 1855, 1 page in-8 oblong.

TOLBECQUE (Auguste-Joseph).

309. Morceau de musique autographe signé ; 1848, 1/2 page in-8 oblong.

TOMASCHEK (Wenzel-Jean).

310. Lettre autographe signée à un éditeur ; Prague, 13 novembre 1813, 2 pages in-4.

Curieuse lettre toute relative à ses ouvrages.

UNIA (Jos.).

311. Morceau de musique autographe signé; 1845, 1 page in-8 oblong.

Au dos se trouve un autre morceau de musique autographe signé de *Buniva*.

VACCAJ (Nicolas).

312. Morceau de musique avec paroles autographes signées; 1844, 1 page 1/2 in-8 oblong.

VASSEUR (Léon).

213. Lettre autographe signée, 1 page in-8.

Relative à son ouvrage de *La Petite Reine*.

VERDI (Giuseppe).

314. Lettre autographe signée à Carlo Toccagni, à Milan; Naples, 3 août 1845, 1 page pleine in-8.

Curieuse lettre. Il a terminé son opéra de *Jeanne d'Arc* et le prie de le faire imprimer au plus tôt. Pour se distraire et se reposer, il va se rendre à Sorrente et à Capri.

VERDI (Giuseppe).

315. Lettre autographe signée à Anténor Joly, directeur de la Renaissance; Rome, 24 octobre 1848, 1 page 3/4 in-8. Fripée.

Il veut bien consentir à la représentation de son opéra *I Lombardi* qu'il considère comme l'un des plus difficiles qu'il ait composé. Il doit répondre auparavant aux propositions qui lui viennent de Venise, de Gênes et de M. Escudier.

VERDI (Giuseppe).

316. Morceau de musique avec paroles autographes signées; Rome, 5 novembre 1844, 1 page 1/2 petit in-4 oblong. Très jolie pièce. *Rare comme musique.*

VERDI (Giuseppe).

317. Morceau de musique avec paroles autographes; (1846), 21 pages in-4.

Fragment d'*Attila*.

VERHULST (J.-J.-H.).

318. Lettre autographe signée à J.-P. Heye; La Haye, (1850), 1 page 1/2 in-4.

Belle et intéressante lettre contenant plusieurs notes de musique.

VERHULST (J.-J.-H.).

319. *Canon à 2 voix*, morceau de musique autographe signé; 1840, 1 page in-32 oblong. Très jolie pièce.

VERROUST (Louis-Stanislas-Xavier).

320. Lettre autographe signée, 1 page in-8.

VESQUE DE PUTTLINGEN (Jean *Hoven*).

321. Lettre autographe signée; 1845, 2 pages 1/3 in-4.

VIEUXTEMPS (Henri).

322. Lettre autographe signée à Anténor Joly; Paris, 1841, 2 pages in-8. Belle lettre.

VIEUXTEMPS (Henri).

323. Morceau de musique autographe signé; Vienne, 1843, 1 page in-8 oblong.

VIEUXTEMPS (Henri).

324. *Andante espressivo*, morceau de musique autographe signé, dédié à Mlle Saphir; Vienne, 30 déc. 1854, 1 page in-8 oblong. Jolie pièce.

VIEUXTEMPS (Henri).

325. *Concerto pour le violon*, manuscrit autographe signé; 1852, 153 pages in-folio, rel. chagrin rouge avec filets, tranches dorées.

Magnifique et important manuscrit.

VIOTTI (Jean-Baptiste).

326. Lettre autographe signée, en français, à Ginguené; Londres, 8 novembre 1802, 1 page 1/3 in-4.

Curieuse lettre toute relative au *Traité théorique sur la musique*, de François Bianchi.

VIOTTI (Jean-Baptiste).

327. Lettre autographe signée; Paris, 4 août 1821, 1 page 1/2 in-8.

Au sujet de Mme Sarinville, qui menace de résilier son engagement avec l'Opéra. Curieux détails.

VITO (Honoré de).

328. Morceau de musique autographe, 1 page in-4 oblong.

VOGEL (Adolphe).

329. Lettre autographe signée ; 1830, 1 page in-folio. Curieuse.

VOGLER (l'abbé Georges-Jos.).

330. Lettre autographe signée à l'éditeur Breitkopf, à Leipzig ; 1813, 1 page in-4.

VOGT (Gustave).

331. Morceau de musique autographe: 2 pages in-18 oblong. Provenant de la collection de Cherubini.

WAGNER (Richard).

332. Lettre autographe signée ; 1862, 1 page 1/2 in-8. Léger raccommodage.

WAGNER (Richard).

333. Pièce signée ; Bayreuth, 1er février 1872, 1 page in-4.

WAGNER (Richard).

334. Morceau de musique autographe au crayon, 1 page in-8.

Fragment de *Lohengrin*.

WALLERSTEIN (Antoine).

335. Morceau de musique autographe signé ; 1868, 3/4 de page in-8 oblong. Léger raccommodage.

WANHALL (Jean-Baptiste).

336. *Menuet*, morceau de musique autographe, 4 pages in-4 oblong.

Superbe pièce provenant de la collection d'Aloys Füchs.

WEBER (Ch.-Marie de).

337. Lettre autographe signée au greffier municipal de la ville de Stuttgart; 3 août 1813, 1 page 3/4 in-4, cachet. Très belle lettre.

WEBER (Ch.-Marie de).

338. Lettre autographe signée au greffier royal de Stuttgart; Prague, 16 avril 1816, 1 page in-4. Cachet armorié admirablement conservé.

WEBER (Ch.-Marie de).

339. Lettre signée, en anglais; Londres. 1826, 3/4 de page in-8.

WEBER (Ch.-Marie de).

340. Pièce autographe signée; Stuttgart, 12 février 1810, 1 page 1/2 in-folio.

Relevé de ses dépenses de l'année 1809, pour servir de balance à la banque de Stuttgart.

WEBER (Ch.-Marie de).

341. 6 pièces le concernant; Stuttgart, 1809-10, 9 pages in-folio.

Curieux dossier : Compte des dépenses du théâtre de Stuttgart pendant l'année 1809; pièces relatives à l'arrestation de Weber pour dettes; détail de frais de police à la charge de Weber pour saisie mobilière; inventaire des objets qu'il laisse dans sa maison de Stuttgart.

WEBER (Godefroy).

342. Lettre autographe signée à l'éditeur Haslinger, à Vienne; Mayence, 1818, 3 pages 1/2 in-4. Intéressante.

WEBER (François).

343. Morceau de musique avec paroles autographes signées; 1848, 1 page 1/2 in-8 oblong.

WEIGL (Joseph).

344. *La Famille Suisse*, morceau de musique autographe; 22 pages in-4 oblong. Incomplet de la fin.

WIENIAWSKI (Joseph).

345. Lettre autographe signée, en français, à l'éditeur Haslinger, à Vienne : 1861, 1 page in-8.

Au sujet de sa composition l'*Impromptu*.

WILMERS (Rodolph).

346. Mélodie de sérénade, morceau de musique autographe signée ; 1844, 1 page in-8.

WORMSER (André).

347. 1° Lettre autographe signée ; 1884, 2 pages in-8 ; 2° *Le Soldat*, paroles de Paul Déroulède, manuscrit autographe signé ; (1884), 6 pages in-4.

WULHORSKI (le comte Michel).

348. Morceau de musique avec paroles autographes signées, en français, 2 pages in-4. Dédié à Cherubini.

ZIMMERMANN (P.-J.-G.).

349. Lettre autographe signée au compositeur Alary ; 2 pages in-8. Lettre musicale.

ZINGARELLI (Nicolas-Antoine).

350. Lettre autographe signée, en français, à Mme de Charrière, à Neuchatel ; Milan, 24 novembre, 1 p. in-4, cachet camée. Curieuse. Belle et rare lettre.

ZINGARELLI (Nicolas-Antoine).

351. *Pange Lingua*, morceau de musique avec paroles autographes, 10 pages in-4 oblong.

ZINGARELLI (Nicolas-Antoine).

352. *Tantum ergo*, morceau de musique avec paroles autographes signées, 4 pages in-4 oblong, cartonné. Très belle pièce.

ZINGARELLI (Nicolas-Antoine).

353. *Il Conte di Saldagna*, manuscrit autographe ; 1795, 2 vol. in-4 oblong de 100 pages, reliés.

Précieuse partition originale de cet important ouvrage.

DEUXIÈME PARTIE

AUTOGRAPHES DIVERS

ADÉLAIDE D'ORLÉANS (Mme),
sœur du roi Louis-Philippe.

354. Lettre autographe à la reine Marie-Amélie ; Bruxelles, 15 avril 1833, 3 pages 3/4 in-8.

Charmante lettre intime où elle rend compte de la réception qui lui a été faite par le roi Léopold à Bruxelles.

ANGOULÊME (Marie-Thérèse-Charlotte, duchesse d').

355. Lettre autographe signée à la duchesse ...; Gorice, 29 décembre 1836, 1 page in-8. *Très rare.*

Très belle lettre au sujet de la mort de Charles X : « J'espère bien, comme vous, Madame, que les vertus, la résignation et les malheurs de celui que nous pleurons lui ont acquis un bonheur éternel ; il n'y a que ceux qui restent sur la terre qui sont malheureux, surtout aimant toujours leur pays, en étant éloignés et ne pouvant *que prier constamment* pour son bonheur. »

ANNE D'AUTRICHE,
reine de France.

356. Lettre autographe signée à la grande duchesse de Toscane, sa tante ; Paris, 3 mai 1620, 1 page in-4, cachets à ses armes avec soies. Très belle lettre.

ARNOULD (Sophie),
la célèbre actrice.

357. Lettre autographe à l'architecte Bélanger, son amant; Paraclet-Sophie, à Luzarches, 23 vendémiaire an IX, 8 pages in-4.

Epître des plus curieuses d'un style original, quelquefois un peu cru. Maintenant vieille, pauvre, retirée dans son ermitage, et lui marié, elle lui rappelle leurs anciennes amours, qui remontent haut, car elle avait alors à peine vingt ans. Elle entre à ce propos dans des détails que nous ne pouvons reproduire. Elle lui envoie, pour ses étrennes, une mèche de ses cheveux, qui sont presque blancs, à ce point qu'elle aurait pu, dernièrement, représenter, au Temple de Mars, la cavalle du grand Turenne. Elle cite des vers à cette occasion et rapporte une curieuse anecdote du maréchal de Biron. Son jardin lui fournit peu de légumes, à peine du persil pour mettre sur une bosse au front... Cela fait pitié. Quoiqu'elle ait été dans une jolie passe, elle a pu se convaincre qu'il n'y a pas de vie heureuse, pas même des jours, mais seulement des nuits... Eloge enthousiaste de *Buonnaparté*, dont le génie est bien au-dessus de celui de Louis XIV. Tout le monde ne pense pas ainsi, on dit qu'il joue le rôle d'un roi; mais qu'importe, puisque la perfection d'une république est une chimère. Tableau de la Révolution, à sa manière. Elle demande ce que disent leurs amis sur tout cela. Il y en a d'aucuns qui ne sont pas bêtes, *Pierrot* et le *boiteux*, par exemple. « Bien des choses à nos amis, Ste-Foy, Bougainville... je dirais presque l'aimable Talleyrand... »

BERNADOTTE (Jean),

roi de Suède.

358. Lettre autographe signée au général Vandamme; Paris, 24 pluviôse an VIII (13 février 1800), 3 pages 1/2 in-4.

Très belle lettre au sujet de la nouvelle situation de Vandamme. Le ministre lui offre de l'envoyer en Italie ou dans l'ouest de la France. « Si l'une de ces deux destinations n'entraient pas dans vos projets et si vous étiez plus charmé de parcourir un théâtre déjà illustré par vos faits d'armes, si dis-je vous tenés encore à vous présenter de nouveau sur les rives du Danube, marqués moy le. »

BOILEAU-DESPRÉAUX (Nicolas).

359. Lettre autographe signée à Brossette, à Lyon; Paris, 29 juillet 1700, 2 pages in-4. Les deux feuillets détachés, puis réunis. *Très rare*.

Il se contentera de « respondre en Lacedemonien a vos longues mais pourtant très courtes et très agreables letres. » Il s'associe à la « charitable et pecunieuse lotterie » de son correspondant; mais qu'on lui réclame au plus tôt ses cinq pistoles: « au moment que je les aurai payées; j'oublirai mesmes que je les aye eues dans ma bourse... J'attens avec grande impatience le poëme sur la musique qui ne sçauroit estre que merveilleux, s'il est de la force des deux que j'ay déjà leus. On travaille actuellement à une nouvelle édition de mes ouvrages; je ne manquerai pas de vous l'envoier si tost qu'elle sera faicte. »

BOISROBERT (François *Le Métel* de),
poète du XVIIe siècle,
un des premiers membres de l'Académie française,
qui tint longtemps ses séances chez lui,
né à Caen en 1592, mort en 1682.

360. Lettre autographe signée à Nicolas Foucquet ; Tanlé, dit Emery (Tanlay, Yonne), 13 septembre, 7 pages in-folio. *Très rare.*

Superbe et précieuse lettre d'envoi d'une épître *A Monsieur Foucquet, conseiller au Parlement*, laquelle remplit six pages.

BOUILLON (Elisabeth de *Nassau*, duchesse de),
fille de Guillaume Ier d'Orange
et de Charlotte de Bourbon, mère de Turenne.

361. Lettre autographe signée au maréchal de Caumont La Force ; Sedan, 12 novembre 1638, 2 pages in-4, cachets à ses armes avec soies. Légère tache.

BUSSY-RABUTIN (Roger de),
auteur de l'*Histoire amoureuse des Gaules*,
membre de l'Académie française.

362. Lettre autographe signée au Révérend Père ... ; Bussy, 1er juin 1677, 1 page 3/4 in-8. Belle lettre.

CATHERINE DE MÉDICIS.

363. Lettre autographe signée à Nicolas d'Angennes, seigneur de Rambouillet ; Paris, 22 novembre 1582, 3/4 de page in-folio. Légère déchirure enlevant quelques mots.

Elle lui adresse une lettre ouverte pour son fils (le duc d'Anjou, alors en Flandre) ; elle le prie de la lire attentivement et d'abonder dans son sens, quand il écrira au duc pour son compte personnel.

CHARLES IX,
roi de France.

364. Lettre autographe signée à son oncle le duc de Savoie ; (1562), 3/4 de page in-folio. *Très rare.*

Précieuse lettre historique. Il lui assure « que la longueur qui a esté en la restitution des places que je tien à présent en Piémont n'est procédée de ne vouloir tenir ce que je vous ay desjà mandé et la Royne ma mère. »

CHARLES X,
roi de France.

365. Lettre autographe signée à son Altesse ... ; quartier-général à Arnheim, 23 décembre 1794, 1 page in-4.

Curieuse lettre écrite à un prince allemand qui lui avait offert son concours. Il n'oubliera jamais les offres flatteuses qu'il veut bien lui renouveler, et saisira « la première circonstance favorable pour engager le Régent (d'Angleterre) à accepter les propositions aussi favorables qu'utiles que vos nobles sentiments vous portent à nous faire. »

CHÉNIER (André),
l'illustre poète.

366. Lettre autographe à une dame ; 1 page 1/3 in-8. *Très rare.*

Précieuse lettre. Il s'excuse de ne pouvoir se rendre à son aimable invitation : « Vous voyez que je ne vous sacrifie pas au rival que vous redoutez. Mais ce que vous ne voyez pas et ce qui est cependant bien vrai, c'est que ceux qui sentent comme moi ce que valent l'esprit et l'imagination joints à une âme honête et pure, ne peuvent vous sacrifier à personne. »

CLAIRON (Mlle),
la célèbre actrice.

377. Lettre autographe signée (à mademoiselle de Pœllnitz) ; 29 avril 1777, 2 pages in-4. *Rare.*

Très belle et curieuse épitre, écrite à l'époque où des revers de fortune l'avaient obligée à se retirer à Anspach. « Votre frère, (le baron de Pœllnitz, directeur des théâtres de Berlin,) Madame, est le plus ingrat des hommes. J'en ai toutes les preuves possibles et, quoi qu'il en puisse dire, soyés sure qu'il sait à quoi s'en tenir sur la générosité de mon cœur, et sur la fauceté du sien ; je ne me suis tue que par reconnoissance et par attachement pour Madame de Pœlenitz et pour vous, Madame, que j'aurois été tres fachée d'affliger ; je n'ai point voulu de vengeance parce qu'il en coûte à ma sensibilité de faire des misérables. » Le billet, qu'on lui a écrit, est la cause de ces explications.

CONDÉ (Louis Ier de *Bourbon*, prince de),
illustre guerrier, chef de la maison de Condé, né en 1530,
tué à la bataille de Jarnac, le 13 mars 1569.

368. Lettre autographe signée à Catherine de Médicis ; 3/4 de page in-folio. *Très rare.*

Précieuse lettre très bien conservée où il la prie de recevoir de sa part M. de Vielleville « que je connes vous estre très fidel servyteur pour vous faire antandre bien olong de ma par lasurrance que deves prandre de moy quy ne veut pour jamays rien tant reconnestre que lobeyssance que vous des (dois) porter. »

CONDORCET (J.-A.-N. de *Caritat*, marquis de), illustre philosophe.

369. Manuscrit autographe ; (vers 1774), 28 pages in-4.

Précieux manuscrit inédit contenant une analyse des *4 premiers livres des Confessions de Jean-Jacques Rousseau* : « C'est pour ofrir aux yeux des homes le portrait d'un home tout entier que J.-J. Rousseau a écrit ses mémoires. Il espère les présenter au throne de Dieu, et défier tous les autres homes d'en faire autant ; il assure qu'il ne se trouvera persone, qui ne vaille infiniment moins que lui, et ne doute pas que Dieu ne soit de son avis. » Condorcet insiste ensuite sur les passages les plus scabreux des confessions (onanisme, amours avec Mme de Warrens, etc.) Il s'arrête dans son analyse au moment où Rousseau s'établit à Lyon en 1732.

DAVOUT (L.-N., duc d'*Auerstaedt*, prince d'Eckmühl), illustre maréchal de France.

370. Lettre autographe signée (au général Becker) ; Pultusk, 27 janvier (1807), à 3 heures 1/2 du matin, 2 pages 1/2 in-4.

Importante lettre historique toute relative aux faits militaires qui ont suivi la prise de Pultusk. Il parle de la belle conduite du capitaine Moret. « Non seulement je le ferai connaitre par la voie de l'ordre, mais j'en instruirai l'empereur. C'est la plus belle récompense pour un Français que celle d'être cité à notre bien aimé et grand monarque. »

DIDEROT (Denis).

371. Lettre autographe signée (au marquis Le Cerf de la Viéville ; avril 1764), 3 pages in-8.

Magnifique lettre. C'est à l'Académie française « dont je ne suis ni ne serai jamais » qu'il appartient de distinguer le plaisir de l'allégresse ; il va cependant donner son avis personnel. Pour lui le plaisir « se manifeste par des ris éclatants ; non moins évident et plus doux quelquefois il presse l'âme et fait couler des larmes délicieuses ; on le voit sans l'allégresse ; mais on ne voit point l'allégresse sans lui. » Le plaisir est timide ; l'allégresse ose se montrer. « La jeune et modeste épouse, assise à table entre sa mère et son époux renferme son plaisir ; l'époux moins timide, au milieu des convives, peut se prêter à leur allégresse ». L'allégresse est d'ailleurs passagère et peut se transformer en douleur. Il ne croit pas que, pour un couplet de chanson, une aussi profonde distinction soit nécessaire : « Le couplet est un enfant de l'instant et de la verve, qu'il ne faut pas regarder de trop près. »

DIDEROT (Denis).

372. Lettre autographe signée ; 1 page in-8.

DU BELLAY (Jean, cardinal).

373. Lettre autographe signée à Dodieu de Vély, évêque de Rennes, ambassadeur de François Ier près de Charles Quint; Rome, 25 décembre (1537), 3 pages in-folio. Légère déchirure.

Importante lettre historique. Il ne croit pas que l'empereur Charles Quint vienne bientôt à Rome, pour conférer avec le pape Paul III, sur son rapprochement avec François Ier; malgré les nouvelles données par Rincon, jamais l'empereur ne cédera Milan au roi; la maladie de François Ier arrête un peu les négociations; mais l'évêque d'Amiens (Charles Hémard, ambassadeur près du St Siège) pousse le pape à mettre d'accord les deux souverains. (Déjà en novembre 1537, de Vély avait fait signer une trêve à Monçon entre Charles Quint et François Ier.)

DUQUESNE (Abraham),

l'illustre marin, né à Dieppe en 1610, mort en 1688.

374. Lettre autographe signée à M. Prouhet, procureur à Concarneau; 21 janvier 1661, 1 page in-4. Légère déchirure. *Très rare.*

Précieuse lettre au sujet de la succession de son frère.

EDGEWORTH DE FIRMONT (l'abbé),

dernier confesseur de Louis XVI.

375. Lettre autographe signée au comte de Moustier, à Munich; Varsovie, 24 janvier 1803, 2 pages in-4, cachet à ses armes. *Rare.*

Curieuse lettre où il explique qu'il ne peut se rapprocher de Louis XVIII qui est obligé de tenir éloignés de lui quelques-uns de ses plus anciens serviteurs.

ÉON DE BEAUMONT (le chevalier d').

376. Lettre autographe signée, au citoyen Desjobert; Londres, 18 décembre 1802, 2 pages in-4.

Curieuse lettre qu'il signe : *La citoyenne Charlotte-Geneviève-Louise d'Eon de Beaumont.* « J'ai le plaisir de vous instruire que l'honnête, l'habil, vertueux et plénipotentiaire Otto, avant son départ de Londres, a été authorisé par notre grand ministre Charles Maximilien Tayllerant, à me donner un passeport pour retourner à Paris, mais il a oublié de m'envoyer l'argent nécessaire pour tirer mon âme de l'Angleterre où elle a fait un si long purgatoire. »

FÉNELON (François de *Salignac* de),
l'illustre archevêque de Cambrai, de l'Académie française,
né en 1651, mort en 1715.

377. Lettre autographe signée au baron de Kœrg, chancelier de Son Altesse Electorale (Joseph-Clément de Bavière) ; Tournai, 30 septembre 1705, 3 pages in-4.

Magnifique lettre où il regrette que des affaires qui le rappellent à Cambrai l'empêchent d'aller faire sa cour à son Altesse Electorale. En terminant, il lui recommande le père de Vitry, dont il fait l'éloge. « Votre goust pour les belles lettres et pour les monuments de l'antiquité rendront sans doute superflue la prière que je vous fais en sa faveur. »

FLORIAN (J.-P. *Claris* de),
le célèbre fabuliste.

378. Lettre autographe signée à une dame ; 1 page 3/4 in-8.

FRANÇOIS II,
roi de France, époux de Marie Stuart,
né en 1543, mort en 1560.

379. Lettre signée aux échevins de la ville de Metz ; Bar-le-Duc, 28 sept. 1559, 1/2 page in-folio, cachet. *Rare.*

Superbe lettre. M. de Vielleville étant obligé de se démettre momentanément, pour raison de santé, de son gouvernement de Metz, il les informe qu'il a nommé, pour le remplacer, M. de Senectaire, gentilhomme ordinaire de sa chambre.

FRANÇOIS DE SALES (Saint).

380. Pièce autographe, en latin ; 2 pages pleines in-8.

Précieuse pièce. Plans de sermons pour les églises de Saint-Sulpice et de Sainte-Madeleine.

FRANKLIN (Benjamin).

381. Lettre autographe signée à J.-B. Le Roy (célèbre physicien, membre de l'Académie des Sciences) ; Londres, 31 janvier 1769, 3 pages in-4. Léger raccommodage.

Lettre importante pour l'histoire de l'Amérique. Il lui rend compte de l'agitation suscitée dans le Massachussets et à Boston par la perception des nouveaux impôts ; la population a menacé les collecteurs d'impôts et les soldats anglais ont voulu se servir de leurs armes ; la résistance va devenir générale, mais comme onze navires ont rapporté de Boston et de New-York 50,000 livres sterling en Angleterre, le Parlement ne veut pas rapporter le bil qu'il a voté. Très curieux détails.

GONZAGUE (Anne de)
princesse palatine, une des femmes les plus célèbres de son temps, dont Bossuet prononça l'oraison funèbre, née en 1616, morte en 1684.

382. Lettre autographe signée à M. de Montholon; Paris, 20 octobre 1667, 2 pages in-4, cachets à ses armes avec soies.

Très belle lettre. Elle apprend son arrivée à Cracovie : « J'ay veu aussy dans les lettres de Mr votre père et de Mr de Maunory ce que vous leur mandez sur l'estat de nos affaires que je trouve meilleur que l'on n'eust osé espérer. » Elle le remercie « des paines que vous prenez pour le bien des princesses mes filles. » Elle parle aussi de MM. des Noyers et de Corrade (Courrade).

GREUZE (Jean-Baptiste),
le célèbre peintre.

383. Lettre autographe signée au président de Ruffey; 26 mai 1766, 1 page in-4. *Très rare.*

Très belle lettre, curieuse par son orthographe fantaisiste, et relative à sa réception comme membre de l'Académie de Dijon.

GRIMM (Frédéric-Melchior, baron de)
le célèbre écrivain et critique du XVIIIe siècle.

384. 2 lettres autographes, en français, à Monseigneur (le duc de Saxe-Gotha); Paris, 14 mai-31 décembre 1772, 11 pages in-8.

Intéressantes épitres. Il le remercie de ses félicitations au sujet du diplôme de baron qu'on lui envoie d'Autriche; il l'a demandé pour voyager en Italie avec les enfants du landgrave de Schonberg : il félicite le duc d'améliorer le gymnase de Weimar, et lui conseille d'envoyer à Rome M. Dœll, qui, selon le peintre Manlich, y pourrait vivre avec 600 florins : il s'est aussi entendu pour la médaille et le monument d'Ernest Frédéric II de Saxe Gotha avec le sculpteur Houdon et l'abbé Galiani, qui s'est chargé de l'inscription, etc.

GUISE (Marie de *Lorraine*, duchesse de),
dite *Mademoiselle de Guise*.

385. Lettre autographe signée; (1661), 1 page 3/4 in-4. *Rare.*

Belle et curieuse lettre. Témoignages de reconnaissance pour ce que le roi veut faire en faveur de la comtesse de Bossut (veuve de Henri de Lorraine, son frère, qui venait de mourir).

GUISE (Isabelle d'*Orléans*, duchesse d'*Alençon* et de),
fille de Gaston d'Orléans
et de Marguerite de Lorraine, épouse de Louis-Joseph
de Lorraine, duc de Guise,
née en 1646, morte en 1696.

386. Lettre autographe signée ; Alençon, 1er octobre (1675), 4 pages in-4. *Rare.*

Belle et intéressante lettre. « Je vient de recevoir, Monsieur, vostre lettre au sujet des fours que le roi ordonne que l'on fasse dans la cour des cuisines de Luxembourg ; le roi est le maistre, non seulement de la maison, mais de tout ce qui despend de moi. » Elle craint pour ses bois à cause de l'absence du maitre des eaux et forêts en la généralité d'Alençon ; les pluies ont compromis les récoltes. (Elle voulait vendre au prince de Condé la moitié du Luxembourg, mais le roi s'y opposa).

HENRI III,
roi de France.

387. Lettre autographe signée à Villeroy ; (1580), 1 page in-folio.

Belle et curieuse lettre. « J'ay faict deus lettres ; choissiz la mieulx et l'anvoyez et l'autre brulez la ; j'ai ranvoyé à monsieur Myron la sustance de mon intantyon sur ce qui m'a aporté qui est escrit de ma mayn ; je seray samedy à vous ; je scai que ma presance est requise la; je ne serai pas plus longtemps dehors ; je vous dirai prou de choses qui ne peuvent andurer le papier, tant elles sont tandres. »

HENRI IV,
roi de France.

388. Lettre autographe signée à Catherine de Médicis ; (Marans, 1er mars 1577), 1 page in-folio.

Superbe et importante lettre. « J'ay esté bien estonné quand Mr de Sanssac (fils de Louis Prévot de Sansac, né à Cognac, mort en 1566) m'a fait entendre qu'on vous avoyt dyt que j'avoy fet une si grande sotyse que de m'en estre allé sans dyre adyeu et avoyr prys congé de vostre Majesté. » Comme il va à la chasse, M. de Turenne (depuis duc de Bouillon), ira à sa place saluer la reine. (Malgré les hostilités d'Henri, de Condé et de Dampville en Poitou, la reine mère négociait ; elle réussit à faire signer la paix de Bergerac.)

HENRI DE PRUSSE (le prince),
frère de Frédéric II, célèbre général.

389. Lettre autographe signée, en français, à Frédéric II ; camp de Gamich, 21 septembre 1758, 2 pages 1/2 in-4. Déchirure dans une marge.

Importante lettre historique. Le général autrichien **Hadeck** ayant reçu des renforts, il n'essaye pas d'enlever Freyberg; les ennemis tirent leurs vivres de Chemnitz et de Zwickau; si leurs vivres ne passaient pas aux défilés des Monts Métalliques, on pourrait les réduire à la disette. Il demande des nouvelles de la santé de sa sœur, la margrave de Bayreuth.

JEAN VI,
roi de Portugal et du Brésil, exilé par Napoléon en 1808,
né en 1767, mort en 1826.

390. Lettre signée au prince régent d'Angleterre (plus tard George IV); Rio-de-Janeiro, 15 octobre 1815, 3 pages in-4, cachet. Avec traduction française.

Remarquable lettre historique en réponse aux félicitations qu'il lui a adressées à l'occasion de l'heureuse conclusion de la guerre « due en grande partie aux efforts combinés de nos armes » et surtout aux incomparables sacrifices faits par la Grande-Bretagne pour la liberté de l'Europe et le maintien des gouvernements légitimes. Il le remercie vivement de l'offre qu'il lui a faite d'une escadre anglaise, chargée de l'accompagner à son retour en Portugal; mais contre ses plus vifs désirs, il lui a fallu prendre la résolution de ne pas accélérer ce retour, et d'attendre un ordre de choses plus sûr et plus stable, garantissant la prospérité de l'une et de l'autre partie de sa monarchie. (Il ne revint qu'en 1821.)

JOSEPH (François *Le Clerc du Tremblay*, dit le père).

391. Lettre autographe signée (au cardinal de la Valette); Rueil, 20 juillet (1635), 3 pages in-folio. *Rare.*

Lettre historique importante toute relative aux négociations entamées par Richelieu avec le duc Bernard de Saxe-Weimar. M. Ponica, confident du duc, s'en retourne fort satisfait et assure « que son maistre rendra à V. E. toutes sortes d'effets d'estime, de respect et de confiance. » Nouvelles d'heureux succès en Valteline et de la signature du Traité avec le duc de Savoie. Il rappelle au cardinal qu'il a en partage la plus difficile action et la plus glorieuse « de laquelle je souhaite à V. E. l'heureuse issue que la nécessité du bien public requiert. » (Le cardinal de la Valette commandait en chef l'armée d'Allemagne.)

LAFAYETTE (*Motier*, marquis de).
le célèbre général.

392. Lettre autographe signée à Suard; La Grange, 11 frimaire an XI, 1 page in-4. Jolie lettre.

LAFAYETTE (Mlle de *Noailles*, marquise de),
fille du duc d'Ayen, épouse du général Lafayette,
femme célèbre par son dévouement à son mari.

393. Lettre autographe signée de ses initiales au citoyen Fauwick; 8 frimaire an III, 4 pages 1/4 in-4. Légère tache.

Touchante épitre écrite de prison à un américain ami de son mari. Elle est sur le point d'être mise en liberté, mais malheureusement elle ne pourra pas le voir avant son départ pour l'Amérique : « J'ai besoin de résignation pour me soumettre et renoncer à la consolation de revoir celui qui *seul* dans les deux patries envers lesquelles nous n'avons rien à nous reprocher, m'a offert l'espoir *fondé* d'un appuy consolateur, d'une ressource réelle. Je dois renfermer toute ma reconnaissance au fonds de mon cœur, je ne veux pas même demander la permission d'entrer ici pour vous à la commission, de crainte de vous compromettre. »

LA FONTAINE (Jean de),
l'illustre poète et fabuliste.

394. Lettre autographe signée à son oncle M. Jeannart, substitut du procureur général à Paris ; Château-Thierry, 1er février 1659, 2 pages 1/2 in-4, cachet. Légère tache. *Très rare.*

Lettre des plus précieuses. Il reproche à son oncle d'avoir cru aux paroles d'un donneur de faux avis. Il n'y a rien de vrai dans ce qu'on lui a mandé de l'emprunt et du jeu : « Si vous l'avez creu, il me semble que vous ne pouviez moins que de m'en faire la réprimande. Je la méritois bien par le respect que j'ay pour vous et par l'affection que vous m'avez tousiours tesmoignée. J'espère qu'une autre fois vous vous mettrez plus fort en cholère et que s'il m'arisve de perdre mon argent vous n'en rirez point. » Il parle de Mlle de la Fontaine et du bruit que cette affaire a fait à la Ferté et à Château-Thierry. Il avait succédé à son père, comme maître des eaux et forêts, et s'occupait de placements de terres ; il rappelle à son oncle l'excellente affaire dont il lui a parlé : « Je ne suis pas assez ambitieux pour ne courir qu'après les honneurs ; quand l'un et l'autre se rencontreront ensemble, je ne les reiettera y pas. » Il parle en terminant de M. de la Place et de M. Oudan de Reims.

LANCLOS (Anne, dite *Ninon* de),
l'*Aspasie* du XVIIe siècle, née en 1615, morte en 1705.

395. Lettre autographe à M. de Bonrepos, 2 pages in-8, cachet. Très belle lettre. *Rare.*

LA PÉROUSE (J.-F. de *Galaup*, comte de),
l'illustre et infortuné navigateur.

396. Lettre autographe signée à M. Gesnet ; Paris, 22 mai 1785, 3 pages petit in-4.

Belle lettre écrite deux mois avant son départ pour sa funeste expédition. Elle est relative à l'invention d'une nouvelle cuisine spéciale pour les bâtiments de guerre. « Vous rendriés le plus signalé service à mon expédition si, sans la démonter, vous pouviès la faire embaler et partir tout de suitte par un roulier pour Brest. Je commande comme vous pouvés le scavoir deux bâtiments destinés à une campagne très longue. »

LAUBARDEMONT (Jacques-Martin de),
le célèbre agent du cardinal de Richelieu.

397. Lettre autographe signée au cardinal de Richelieu ; abbaye d'Olivet, 2 juin 1657, 1 page in-folio, cachets. *Très rare.*

Superbe lettre. Il rend compte au cardinal qu'il a terminé les informations « *sur ce qui s'est passé en ce lieux-cy, ez environs,* » il les tient secrètes au porteur, frère de M. de Boisrobert, comme à tous autres. Il l'informe aussi qu'il y a eu des désordres dans l'abbaye de Bardelle, mais qu'on lui assure qu'il ne pourra avoir aucune preuve à ce sujet, parce qu'on a imposé silence aux religieux et à tous ceux qui pourraient en rendre témoignage.

LA VALLIÈRE (Louise-Françoise de *La Baume Le Blanc*, duchesse de),
La célèbre maîtresse de Louis XIV.

398. Pièce signée deux fois ; Saint-Germain-en-Laye, 8 août 1670, 1 pages in-folio. Belle pièce. *Très rare.*

LA VIGNE (Anne de),
fille du médecin, célèbre femme poète, une des précieuses de la société de l'hôtel de Rambouillet, née à Vernon vers 1640, morte à Paris en 1684.
Ses poésies ont été recueillies dans le volume des *Vers choisis*, du père Bouhours.

399. Lettre autographe signée à Huet (à Caen) ; 18 mai 1663, 2 pages in-8, cachets et soies. Jolie lettre. *Très rare.*

Piquante épitre, qui est un exemple typique du style des Précieuses. Elle parle d'une lettre galante de M. du Mesnil. « Vous m'obligerez fort de luy dire que je luy permets de m'envoyer douze autres lettres aussi galantes qu'est celle qu'il m'a escrite et d'aimer vingt-cinq belles et jeunes persones à la fois, si le cœur lui en dit. Pour vous, Monsieur, je n'ay point d'avis à vous donner là dessus. Je say que vous en faites parfaitement bien vostre devoir et j'ay apris de bonne part que vous n'usez pas vos petits rabats à Caën. Vous pouvez bien penser que je n'ay garde de blasmer votre conduite, moy qui n'ay pas le cœur de condamner celle de M. du Mesnil. Faites donc en province tant de maitresse qu'il vous plaira. J'en seray ravie, pourveu que vous me fassiez la grâce de croire que je suis vostre très humble servante. »

LECOUVREUR (Adrienne),
célèbre tragédienne, dont le talent admirable contribua à l'éclat du siècle de Louis XIV,
née en Champagne en 1692, morte en 1730.

400. Lettre autographe à l'acteur Clavel ; (Strasbourg, 1712), 4 pages in-4. Son nom se trouve écrit par elle dans le texte et peut tenir lieu de signature. *Très rare.*

Précieuse lettre où elle l'assure de son amour et de sa fidélité : « La Dupairé a reçue aujourd'huy une letre de Mlle Herissé ou elle luy parle de vous mais en fort peu de mots. Elle dit que vous les allez voir fort souvent, que meme vous deviez souper ensemble le jeudy prochain. Vous faites fort bien et je seray ravie d'aprendre que vous vous réjouissiez pourvu qu'il n'y aille rien du mien. » Elle a appris qu'il devait rester à Paris par suite de son engagement avec son Altesse Royale (le Régent). Elle parle d'autres actrices, Mlles Chauvert, de Nesle, etc.

LEIBNIZ (G.-W.),
un des plus grands génies du XVIIe siècle.

401. Lettre autographe signée, en français, (au ministre de l'électeur de Hanovre, Stanhope) ; Vienne, 10 juillet 1714, 2 pages in-4.

Superbe et importante lettre. Il craint qu'il ne se rende en Hollande tandis que M. de Botmar (Bodmar) se rendra en Angleterre. Il lui recommande un gentilhomme écossais parent du duc de Roxborough ; on l'a envoyé négocier près de l'Empereur Charles VI : « Il est un des plus considérés parmi les presbytériens Ecossois rigides, qu'on appelle Cameroniens, quoyque luy même soit très modéré. Il est très zélé pour la religion et la succession protestante. » Les jacobites ont essayé de l'attirer dans leur parti : mais « sa correspondance et son assistance servirent à s'opposer à des desseins semblables que le parti du prétendant peut avoir en vue. Ainsi il sera bon de l'écouter attentivement de luy témoigner quelque confiance. » La reine Anne a écrit « des lettres foudroyantes contre le passage de Monseigneur le prince Electorale » (Georges II). Il voudrait qu'elles fussent publiées ainsi que les réponses. Les honnêtes gens d'Angleterre tiennent pour l'électeur de Hanovre, seuls les ministres lui font opposition.

LIONNE (Hugues de),
célèbre diplomate, ministre de Louis XIV,
élève et successeur de Mazarin, né à Grenoble en 1611,
mort en 1671.

402. Lettre autographe signée au cardinal de Bouillon ; Saint-Germain-en-Laye, 28 mars 1670, 1 page pleine in-4.

Lettre historique des plus intéressantes, écrite au moment du voyage du cardinal de Bouillon à Rome où il fut envoyé pour le conclave qui élut Clément X. Il voudrait que l'abbé Servien fût camérier secret du nouveau pape; mais il faut se contenter du camérariat d'honneur pour ne pas froisser les autres cardinaux français. « Je n'ay jamais ouy parler d'une botte plus franche que celle que Votre Eminence a portée au cardinal de Médicis avec sa douceur ordinaire : le Roy en a ri de tout son cœur. »

LORRAINE (Charles II ou III, duc de), dit le *Grand*, prince célèbre qui rétablit le gouvernement de la Lorraine sur des bases libérales et favorisa les arts et les sciences, gendre de Henri II par son mariage avec Claude de France, né en 1543, mort en 1608.

403. Lettre autographe signée au Roi; Gondreville, 18 juillet 1568, 1 page in-folio, cachet. Rognée un peu en tête.

Belle lettre où il se déclare toujours à son service.

LORRAINE (Antoinette de), fille du duc Charles III, petite fille du roi Henri II, épouse de Jean-Guillaume, duc de Clèves, née en 1568, morte en 1610.

404. Lettre autographe signée à la reine de Danemark (sa grand'mère), 1 page in-folio.

Intéressante lettre sur les misères qui règnent en Lorraine et qui s'accroissent de jour en jour depuis que « ceux de Metz » ont reçu des secours d'Allemagne.

LOUIS XIII, roi de France.

405. Lettre autographe signée au cardinal de la Valette; Nantes, 14 juillet 1626, 1 page in-4, cachets à ses armes avec soies.

Belle lettre où il le remercie des services qu'il vient de lui rendre.

LOUIS XIV, roi de France.

406. Pièce autographe; (1708), 1 page in-4.

Important document se rapportant à la suppression de Port Royal. Le roi ordonne d'écrire aux évêques de Rouen, Senlis, Chartres, Soissons, Meaux et Amiens « pour qu'il face recevoir dans des couvents de leurs diocèses les religieuses du Port Royal qu'on juge à propos desloigner: qu'il faut prendre garde que les supérieures des dittes maisons soient capables de les gouverner. »

LOUIS XVIII,
roi de France.

407. Lettre autographe signée à Frédéric de Gentz ; Varsovie, 30 mai 1801, 3/4 de page in-4, cachet.

Belle et importante pièce. Il a reçu la lettre qu'il adressait à M. de Bonnay ; il lui a répondu par l'intermédiaire de l'évêque de Nancy (Anne de la Fare.) « Mais en même temps je me suis réservé de vous dire moi-même combien je suis touché du moment que vous avez choisi pour me demander de vous adopter. » Il le naturalise donc Français : « Cette naturalisation scellé par le malheur vaut bien toutes les autres ; et dans le noble mouvement qui vous a porté à le désirer, dans le present que Dieu me fait aujourd'hui en vous, je vois un augure bien favorable pour ma cause. » (Paul Ier, s'étant allié avec le Premier Consul, avait obligé Louis XVIII de se réfugier à Varsovie, alors possession prussienne.)

LOUISE-MARIE DE FRANCE,
supérieure des Carmélites,
fille de Louis XV et de Marie Leczinska.

408. Lettre autographe signée; 28 avril 1777, 1 page in-4.

Belle lettre toute relative à la *Vie du Dauphin, père de Louis XVI*, par l'Abbé Proyart. Curieux détails sur l'interdiction provisoire dont ce livre avait été l'objet.

MALHERBE (François de),
l'illustre restaurateur de la poésie française,
né à Caen en 1555, mort en 1628.

409. Pièce de vers autographe, 1 page 3/4 in-folio.

Curieuse chanson dont voici le commencement :

Mes yeux vous m'estes superflus
Cette beauté qui m'est ravie
Fut seule ma veue et ma vie
Je ne voy plus ny ne vy plus
Qui me croit absent il a tort
Je ne le suis point : je suis mort.

MARGUERITE DE VALOIS,
reine de France, née en 1552. morte en 1615.

410. Lettre autographe signée à M. de Lansac ; 1 page in-4. Légère déchirure. *Très rare.*

Précieuse lettre où elle le remercie de lui avoir donné des nouvelles de leurs Majestés, qui lui ont fait le plus grand plaisir, « mes vous m'an auries fait davantage de les aporter vous mesme car vostre retardemant a esté cause que j'ai manqué à mon devoir. »

MARIE DE MÉDICIS,
reine de France.

411. Lettre autographe signée à son fils Gaston d'Orléans; 1 page in-4. Très belle lettre.

MARIE ADELAIDE DE SAVOIE,
duchesse de Bourgogne.

412. Lettre autographe à la duchesse de Savoie, sa grand-mère; 1er janvier 1703, 3/4 de page in-4. Très belle lettre. *Rare.*

MARIE THÉRÈSE,
impératrice d'Allemagne.

413. Lettre autographe signée de son paraphe, en français, à la comtesse de Calabritto de Ligniville; 16 juin 1754, 2 pages in-4.

Précieuse épître d'un tour charmant. Elle lui annonce la naissance de son quatorzième enfant, Ferdinand, duc de Modène. « Vous saurez deja mon heureux accouchement d'un 4me fils, selon vos souhaits, car je n'osois faire une fille pour la grimace que vous vouliez faire en l'aprenant. Ce 4me monsieur, qui s'appelle Ferdinand, se trouve a merveil et est deja bien cherit, car c'est tout à fait l'empereur. Ainsi imaginez-vous ce que je sens; je me porte bien; mais je sens l'approche des 40 ans et le 14me enfants; ma tete ne vaut plus celle que j'avais à mon 5me quand je faisois 25 ans; mais tout perit; ainsi il le faut; aussi cela ne m'afflige pas. » Elle lui envoie 50 ducats pour une pauvre femme de Naples, à la demande de la princesse Esterhazy. Sa belle sœur Charlotte va quitter la cour: « Cette quantité de jeunesse qui m'incomode moi-même pour l'education lui rend ce sejour d'ici aussi plus desagreable »

MARIE ANTOINETTE,
reine de France.

414. Lettre autographe signée à l'impératrice Marie Thérèse, sa mère; (vers 1763), 1 page in-4. *Très rare.*

Lettre des plus précieuses, les autographes de Marie Antoinette étant de la plus grande rareté. Elle a été écrite à l'âge de huit ans; elle est signée *Antoine* (prénom qu'on lui avait donné pour la distinguer de deux de ses sœurs qui s'appelaient aussi Antoinette. L'abbé de Vermond, son lecteur, disait toujours: *Madame l'Archiduchesse Antoine.*) Elle remercie l'impératrice sa mère de « la recompence que Votre Majesté m'a fait la grace de m'envoyer pour avoir soutenue courageusement l'operation ».

500 90
1 50

503. Une rue au Caire.
A l'aquarelle. Signé *A. N.*, in-4, sous verre.

504. Bataille de Valmy.
A l'aquarelle. Signé, grand in-4 obl. Très belle composition.

505. Une vue de bataille sous le premier Empire.
A l'aquarelle. Signé, 1836, grand in-4 obl. Très belle composition.

506. Un champ de bataille.
A la plume. 1832, in-4 obl. Curieux dessin militaire fait à l'âge de 14 ans.

507. Charge de guides.
A la plume. Signé *A. de Noé*, in-8.

508. Réprimande.
Curieux dessin au lavis, signé *A. N.*, in-32. Représentant un maître d'école et son élève en animaux, genre Grandville.

509. Robert-Macaire et Bertrand.
Au lavis de couleur. Signé *A. de Noé*, in-4.

510. Types militaires.
A la plume. Signé, in-4.

511. Cavaliers turcs.
A la plume. Signé, in-18.

512. Personnages Louis XIII.
Au crayon. Signé, in-8.

CHANDELLIER (Ch.).

513. Un pierrot.
A la sanguine, rehaussé de blanc, Signé, in-8, sous verre.

514. Un pierrot.
Au crayon et à la sanguine rehaussé de blanc. Signé, avec dédicace autographe à Edmond Texier, 1860, in-8, sous verre.

CHENAVARD (Paul).

515. Cour du palais du marquis Dona de Marne, à Turin.
A la plume. Signé, in-4 obl.

CHÉRET

516. Décor.

3 dessins à l'aquarelle, in-8 obl.

CICÉRI (Pierre-Luc-Ch.).

517. Homme en costume Louis XVI parlant à une pie.

Au lavis. Signé, 1825, in-18, sous verre.

CICÉRI (Eugène).

518. Pont au-dessus d'une rivière bordant un château, projet de décor.

Au crayon, in-8 obl.

CLÈRE (J.-F.-Camille).

519. Arrestation de Charlotte Corday. Triptyque.

A la plume. Signé, in-4 obl.

520. Interrogatoire d'une femme sous la Révolution.

Au crayon noir et rouge. Signé, 1881, in-18 obl.

CLERGET.

521. Rideau de théâtre.

Au crayon et à l'aquarelle. Signé, 1864, in-4 obl.

COINCHON (A.).

522. Le pendu par conviction.

Au crayon et à la plume. Signé, 1861, in-8.

523. Le pendu par conviction.

Au crayon et à la plume. Signé, in-8.

COUTURE (Thomas).

524. Charge d'un dessin de Chassériaux.

A la plume, 1846, in-8. Certifié par M. G.-G. Chardin.

525. Personnages allégoriques.

Croquis au crayon, genre Boucher, devant servir de sujet pour un paysage in-4 obl. Certifié par M. G.-G. Chardin.

CRISENOY (P. de).

526. Marine.

Au fusain. Signé, 1861, in-4 obl.

DANTAN aîné.

527. Croquis humoristiques.

A la plume, sur une lettre aut. sig. en rébus ; 1847, 4 pages in-18.

DANTAN jeune.

528. Portrait charge de Cham.

A la plume, sur une lettre aut. sig. à Cham, 1 page in-8.

DARJOU (A.).

529. Personnages orientaux.

Deux dessins à la plume, signés des initiales, 2 p. in-8, réunis sur la même feuille.

530. Son portrait.

Dessin à la plume à la fin d'une lettre aut. sig. ; 1870, 3/4 de p. in-8.

531. Un bal.

Dessin à la plume, in-8 obl.

532. Personnages XVIIIe siècle, homme et femme.

Au crayon. Signé, in-8.

533. Amour grotesque lançant une flèche.

Au lavis. Signé, Le Caire, 1870, in-8.

DAVID (Jacques-Louis).

534. Portrait du général Bonaparte.

Dessin au crayon avec cette légende autographe : *Le général de la grande nation*, in-32. Très curieux dessin représentant Bonaparte de profil.

DAVID (Alexandre).

535. Ma mère n'en saura rien. — Si ma mère le savait.

Au crayon et à l'aquarelle, avec envois aut. sig. à M. Emile Chevé. Deux pendants, in-8, sous verre.

DELACROIX (Eugène).

536. Têtes de chevaux.

Etudes au crayon, in-4 obl. Dessin provenant de son atelier dont il porte le cachet.

537. Femmes juives tenant des enfants morts dans leurs bras.

Esquisse au lavis bistre, in-4 obl. Dessin provenant de son atelier dont il porte le cachet. Encadré.

538. Ruines.

A l'aquarelle, in-8, sous verre. Dessin provenant de son atelier dont il porte le cachet.

DETAILLE (Edouard).

539. Croquis.

Au crayon, sur un règlement imprimé du salon de 1881, signé des initiales, in-4.

DIAZ (Narcisse).

540. Paysage.

Au crayon. Signé, 1875, in-4 obl. Encadré.

541. Paysage.

Au crayon. Signé. 1875. in-4 obl. Encadré.

542. Paysage.

Au crayon. Signé, in-8 obl. Encadré.

543. Paysage sous bois.

Au fusain : signé, 1875. in-8 obl. Encadré.

544. Ciel orageux.

A l'aquarelle, in-8 obl. Encadré.

545. Tronc d'arbre.

Au crayon. Signé des initiales. in-18. Encadré.

546. Tronc d'arbre.

Au fusain. Signé, 1875, in-8. Encadré.

547. Groupe de chaumières.

Au crayon. Signé des initiales. in-8 obl. Encadré.

548. Bouquet de bois.

Au fusain. Signé des initiales. in-8 obl., sous verre.

549. Groupe d'arbres.

Au fusain. Signé des initiales. in-18 obl. Encadré.

550. Groupe de maisons.

Esquisse au crayon. Signé *N. D.*. in-4 obl.

551. Paysage.
Esquisse au crayon. Signé *N. D.*, in-4 obl.

DRANER (Jules).

552. Charges politiques.
4 dessins à la plume, in-18, réunis sur la même feuille.

553. Caricatures.
4 dessins à la plume, in-18, réunis sur la même feuille.

554. Croquis humoristique.
A la plume, à la fin d'une lettre aut. sig., 1881. 1/2 page in-8.

DUBOUCHET (H.-J.).

555. Lydée, idylle, poésie d'André Chénier.
Joli dessin à la plume. Signé, in-4.

556. La conteuse.
Au crayon. Signé, in-18 obl.

DUPUIS (Daniel).

557. Berceuse.
A la plume. Signé, in-4.

558. Italienne.
A la sanguine. Signé, in-4.

559. Tête de femme.
Au fusain. Signé, in-4.

DURAND-BRAGER (J.-B.-H.).

560. Marine.
Au crayon. Signé, in-4 obl.

561. Marine.
Au crayon. Signé, Marseille, 1853, in-8 obl. Piqué.

FOREST (Eugène).

562. Jeune fille tenant un chien devant un tertre surmonté d'une croix.
A l'aquarelle. Signé, in-4. Encadré.

FORT (Siméon).

563. Chute d'eau dans les montagnes.
A l'aquarelle. Signé, in-8.

GELÉE (F.-A.).

564. Homme en blouse.
Au crayon. Signé, in-4.

GENDRON (Auguste).

565. Croquis.
A la plume en tête d'une lettre aut. sig., 1/2 page in-8.

GENELLI (Bonaventure).

566. Têtes coiffées de bonnets phrygiens.
Croquis à la plume sur une intéressante lettre aut. sig. à E. Forster, 1/16 de page in-4.

GIRODET-TRIOSON (A.-L.).

567. Recueil de poésies, d'esquisses, de croquis et de plans de tableaux.
Important manuscrit autographe inédit d'environ 100 pages in-8.

GRANDVILLE (J.-J.).

568. Singes photographes.
A la plume. Signé des initiales, in-8. Curieux dessin.

569. Les cannes.
Joli dessin à la plume, contenant 7 personnages, in-4 obl. Encadré. Provenant de son atelier dont il porte le cachet.

GROS (le baron).

570. Guerriers indiens.
Au lavis d'encre de chine, provenant de la vente Mahérault, in-8 obl.

GUILLAUME (Eugène).

571. Paysans basques.
Au fusain, rehaussé de blanc. Signé, in-8.

HAMMAN (Edouard).

572. Une curieuse.

Au crayon rehaussé de blanc. Signé, in-fol.

HARPIGNIES (Henri).

573. Paysage.

A l'aquarelle. Signé, in-8 obl. Encadré.

574. Paysage.

A l'aquarelle signé, in-8 obl. Encadré.

575. Paysage.

Au crayon, signé des initiales, in-32.

576. Paysage.

Croquis intercalé dans le texte d'une lettre aut. sig.; 1874, 1/4 de page in-8.

HILLEMACHER (Eug.-Ernest).

577. Un homme qui se noie.

Au crayon, sur une lettre aut. sig.: 1865, 1/2 page in-8.

HOPKINS.

578. Croquis.

A la plume sur une lettre autographe signée en français. 1/8 de page in-8.

HOUPILLARD.

579. Paysage d'hiver.

Jolie dessin au fusain rehaussé de blanc, in-4 obl.

ISRAELS (Joseph).

580. Croquis.

A la plume sur une lettre aut. sig., 1878, 1/2 page in-8.

JACQUE (Ch.).

581. Sujet militaire.

Croquis-charge au crayon, avec légende de 3 lignes aut. sig., in-18.

582. Sujet militaire.

Croquis-charge au crayon, avec légende de 2 lignes aut., in-18 obl.

JACQUEMART (J.).

583. Vases antiques.

A la plume sur une pièce aut. sig. de ses initiales; (1865), 1 page 1/2 in-8.

JEANRON (Philippe).

584. Paysan au repos.

A l'aquarelle. Signé, Marseille, in-8 obl.

JOHANNOT (Tony).

585. Prêtre et femmes auprès du lit d'un mourant.

Au crayon. Signé, in-4 obl.

JONGKIND (J.-B.).

586. Portrait de Cavé.

Au crayon, in-8.

JOYANT (Jules-Romain).

587. Intérieur de cour à Chaumont (Haute-Marne).

Au crayon. Signé, 1826, in-4 obl.

LACOSTE (Eugène).

588. Ronde enfantine.

A l'aquarelle. Signé, in-4.

LALANNE (Maxime).

589. Château de Pierrefonds.

3 dessins au crayon, dont deux signés, in-18 obl. et in-32.

590. Châlon-sur-Saône, le Temple, 8 octobre 1868.

Au crayon. Signé, in-8 obl.

591. Tombeau de mademoiselle Anna de Tchihatcheff.

Au crayon. Signé, in-4 obl.

592. Croquis fait pour l'eau-forte du bouquiniste Piedagnel.

Au crayon. Signé des initiales, in-32.

593. Route des Fontaines, près Spa.

Au crayon. Signé, in-18.

594. Franco-Américaine.

Très joli dessin symbolique à l'encre de chine, composé pour un chant patriotique dédié au peuple américain, in-4 obl.

595. Saint-Malo.

Au crayon. Signé, in-8 obl.

596. Saint-Malo, le quai.

Au crayon. Signé, in-8 obl.

597. Saint-Malo, vue prise du tombeau de Châteaubriand.

Au crayon. Signé, in-8 obl.

598. Le Champ des martyrs, près Auray (Morbihan), victimes de Quiberon, 1795.

Au crayon. Signé, in-8 obl.

599. Vue prise à Caen, 1868.

Au crayon. Signé, in-18.

600. Dieppe, la falaise.

Au crayon. Signé, in-8 obl.

601. Château de Guillaume le Conquérant.

Au crayon. Signé ; Trouville, 1876, in-4 obl.

602. Puys, près Dieppe, la falaise.

Au crayon. Signé, 13 avril 1881, in-8 obl.

603. Vue d'une place à Pau.

Au crayon rehaussé de blanc. Signé ; Pau, 1859, in-4 obl.

604. Une vallée dans les Pyrénées.

Au crayon. Signé, in-4 obl.

LAMI (Eugène).

605. Arrivée de l'Empereur au château de Ferrières.

Esquisse au crayon avec notes autographes, grand in-4 obl., sous verre.

606 Arrivée de l'Empereur au château de Ferrières.

Esquisse au crayon, in-4, sous verre.

LAPOSTOLET (Ch.).

607. Chemin creux dans une forêt.

Au fusain rehaussé de blanc. Signé, in-4.

LAZERGES (J.-R. Hippolyte).

608. Jeune femme tenant un enfant dans ses bras.
Au crayon. Signé, in-18.

609. Bretonne en prière.
Au crayon. Signé, in-8.

610. Ange.
Au crayon et à la sanguine rehaussé de blanc. Signé, 1869, in-4.

611. La France, épisode allégorique de la guerre de 1870.
Au crayon. Signé, Toulouse, 21 janvier 1871, in-4.

LE PETIT (Alfred).

612. Portrait charge de Cham.
A la plume. Signée, 1874, in-8.

LE POITTEVIN (Eug.).

613. Dessins à la plume sur une lettre autographe signée 1856, in-8.

614. Croquis à la plume sur une lettre autographe signée en rébus, 1/2 page in-18.

615. Dessins à la plume sur une lettre autographe signée en rébus à Dantan, 1/2 page in-8.

L'HÈRAULE (Tristan de).

616. Militaires au cabaret, scène Louis XV.
A l'aquarelle, avec dédicace aut. signée. in-fol., sous verre.

MADOU (J.-B.).

617. Passage du Guadarama par Napoléon Ier en 1808.
Au crayon. Signé, in-8 obl.

MALOU (Jules).

618. Chaumière entourée d'arbres.
Gouache à la sépia. Signée, in-32.

619. Maisons entourées d'arbres.
Au crayon. Signé, in-32. Entourage gaufré.

MANET (Edouard).

620. Fruits.

Au lavis de couleurs, sur une lettre aut. sig., 1/2 page in-8.

MARCHAL (E.).

621. Un concert.

Au crayon. Signé, in-8.

MARIE (Adrien).

622. Jeune enfant jouant dans son lit.

Au crayon. Signé, in-4, sous verre. Magnifique composition remarquablement exécutée.

MARNIN.

623. Habitation auprès d'une tour en ruines, paysage espagnol.

A l'aquarelle. Signé, in-8, sous verre.

624. Habitation au bord d'une rivière.

A l'aquarelle. Signé, in-8, sous verre.

MEISSONIER (Ernest).

625. Un mousquetaire Louis XIII.

Joli dessin à la plume, sur une lettre aut. sig., 2/3 de page. in-8.

MILLET (Fritz).

626. Femme italienne.

Joli dessin à l'aquarelle. Signé, in-8.

627. Jeune femme abattue par la douleur.

Au crayon. Signé des initiales, in-8.

MONNIER (Henry).

628. Cocher de corbillard.

Au crayon. Signé, 1839, in-4.

629. Femme assise.

Au lavis. Signé, 1839, in-8. Légère déchirure.

630. Portrait de madame Guillemin.

Au crayon. Signé, 1849, in-8 ovale, sous verre.

631. Commissionnaire parisien.

A l'aquarelle. Signé, 1873, in-18.

632. Porteur d'eau.

Au lavis. Signé, in-18.

633. Chanteuse de café-concert.

Au lavis. Signé, 1876, in-18.

634. Pendant un drame, types de spectateurs.

A la plume rehaussé de blanc, signé H. M., juillet 1873, in-32. Coupé puis réuni.

635. Types populaires.

Au crayon et à la plume. Signé, 1873, in-8 obl.

636. Groupe de personnages.

Au lavis, in-18 obl.

637. Groupe de personnages.

Au lavis, in-18.

MOYSE (Ed.).

638. Tête de turc.

Croquis à la plume, signé, 1877, in-32. Plus une lettre autographe signée, 1 page in-8.

NADAR.

639. Charretier devant un comptoir de cabaret.

Au lavis bistre rehaussé de blanc. Signé, 1853, in-4. Encadré.

NANTEUIL (Célestin).

640. Jardins de Boboli, près Florence.

Au fusain. Signé : Florence, décembre 1859, grand in-4 oblong. Très beau dessin.

NÈGRE (Dom.-Alph.).

641. Paysage.

Croquis à la plume d'un de ses tableaux, sur une lettre aut. signée, (1852), 1/4 de page in-8.

NYS (Carl).

642. Salammbô.

Au crayon. Signé, in-32.

PAPETY (Th.).

643. Campement oriental.

A la sanguine rehaussé de blanc, avec envoi autographe signé de ses initiales à son fils, in-fol. obl. Encadré.

644. Etude.

Esquisse au crayon d'une grande composition de l'époque romaine, avec dédicace aut. signée de ses initiales à son fils, in-4 obl.

PASCUTTI (**A.**).

645. L'Adoration des mages.

Très belle aquarelle. Signée, in-fol., sous verre.

PASTELOT.

646. Femme assise en costume XVIe siècle.

A l'aquarelle. Signé, in-8. Encadré.

647. Diseuse de bonne aventure.

A l'aquarelle. Signé. in-8. Encadré.

PETIT (E.).

648. Le *Pereire* recevant un coup de mer le 25 janvier 1869, marine.

Au crayon rehaussé de blanc. Signé, 1869. in-4 obl.. sous verre.

PILLE (Henri).

649. Croquis de soldats.

Très curieux dessins exécutés avec 4 crayons à la fois. Signé. 3 pages in-4.

650. Potences pour enseignes.

Croquis à la plume sur une lettre autographe signée. in-8.

PILS (I.-A.-A.).

651. Croquis.

A la plume, sur une lettre aut. sig.. 1/8 de page in-8.

PRADIER (James).

652. Femme tenant un enfant.

Au crayon. Signé, 1838, in-8.

653. Jeune fille en chemise pleurant.
A la plume. Signé, in-8.

654. Jeune femme tenant un enfant sur ses genoux.
Au crayon, in-18.

655. Petite fille jouant du piano.
Au crayon, in-18.

656. Croquis de son groupe de Poliphème.
Dessin à la plume sur la marge d'une lettre aut. sig., 1/8 de page in-8.

657. Lion et lionnes.
Dessin à la plume à la fin d'une lettre aut. sig. à Jules Janin; (1839), 1/3 de page in-18.

PRÉAULT (Auguste).

658. Portrait d'Eugène Delacroix, en forme de médaillon.
A la plume. Signé, 1864, 2/3 de page in-8.

659. Statue de Lamartine.
Esquisse au crayon. Signée, dédiée à Ch. Asselineau, 1869, in-4.

PROFIT (G.).

660. Portrait de Jonathan Swift, d'après la gravure de George Vertue.
A la plume. Signé, in-8.

RAFFAELLI (Jean-François).

661. Groupe de personnages.
A la plume, sur une lettre aut. sig., 2/3 de page in-8.

RÉGAMEY (Frédéric).

662. Plan de Bishopsgate à Londres.
Dessin humoristique à la plume, avec personnages, sur une lettre aut. sig. ; (Londres), 1871, 1/2 page in-4.

REGNAULT (Henri).

663. Scène romaine.
Au crayon, rehaussé de jaune et de blanc. Signé des initiales, in-8 obl., sous verre.

664. Romain debout sur son char.

A la plume et au crayon, in-8 obl., sous verre.

RÉGNIER (J.-A.).

665. Vue de Cerdon (Ain).

A l'encre de Chine. Signé, 1837, in-4 obl.

RIESENER (L.-A.-L.).

666. Etude de femme.

Au crayon, provenant de sa vente, in-8 obl.

667. Etude.

A la sanguine, provenant de sa vente, in-18 obl.

668. Etude de têtes.

Au crayon, provenant de sa vente, in-18.

RIOU (Edouard).

669. Le rocher de Sainte-Hélène.

Dessin au lavis d'encre de Chine, rehaussé de blanc, destiné à servir de frontispice à un ouvrage intitulé : *Napoléon en exil.* Signé ; 5 février 1860, in-4.

ROEHN (A.-E.-G.).

670. Homme regardant des joueurs de boules. — Un amateur de tableaux.

Au lavis de bistre. Signé R., fév.-mars 1823, deux dessins in-8, réunis sur la même feuille.

ROETTIERS (Jacques).

671. Jésus-Christ entouré des pasteurs.

A l'encre de Chine. Signé, 1734, in-8.

ROPS (Félicien).

672. Personnage américain.

Dessin humoristique à la plume, sur une très curieuse lettre autographe signée, 1887, 1/2 page in-4.

673. Croquis.

A la plume, sur une très curieuse lettre autographe signée, 1 page in-4.

674. Etudes.
Croquis à la plume. in-8.

ROQUEPLAN (Camille).

675. Homme vêtu d'un grand manteau.
Au crayon. Signé, in-8, sous verre.

ROSASPINA (Francesco).

676. Portrait de Rambert Dodonée, médecin et historien belge du XVIe siècle.
Au crayon. Signé, in-4.

ROYLLET.

677. Ornement.
A la plume. Signé, 1760. in-4 obl.

SLOM (André).

678. Portrait de Louis Chéret.
Au crayon. Signé, in-18. Un peu fripé.

SUTTER (de).

679. Vue du golfe de Naples.
A la plume. Signé, 1860. in-fol. obl., sous verre.

680. Port de Gênes.
A la plume. Signé, 1860, in-4 obl., sous verre.

TAUZIN (Louis).

681. Bois de Bellevue.
A la plume. Signé. in-8 obl.

682. Paysage.
A la plume. Signé, 1884, in-8 obl.

TOUDOUZE.

683. L'Indiscrète.
A l'aquarelle. Signé, 1835, in-8, sous verre.

UZÈS (G. *Lemot*, dit).

684. Un marché en Bretagne.
Au crayon. Signé, in-4 obl.

VAN WITELLI (Gaspard).

685. Vue de Viterbe.

Joli dessin à la plume. Signé, grand in-4 obl.

VENOT D'AUTEROCHE (Eugénie).

686. La cueillette du houblon à Percey (Haute-Marne).

A la plume. Signé, in-4.

VEYRASSAT (J.-J.).

687. Chevaux de halage.

A la plume, in-32 obl.

688. Chevaux au vert.

A la plume. Signé des initiales, in-32 obl.

WAGREZ (Jacques-Clément).

689. Hésiode.

Au fusain. Signé, in-4.

WICAR (J.-B.).

690. Vénus et Adonis.

Au crayon, d'après Fréd. Zucchero. Signé, 1792, in-8. Un peu piqué.

691. Noé.

Au crayon, d'après Jacomo da Pinpoli. Signé, 1788, in-8.

692. Le Guerchino.

Portrait au crayon. Signé, 1790, in-8.

WILLE (J.-G.).

693. Paysage.

A l'encre de Chine. Signé, in-4 obl.

WILLETTE (Adolphe-Léon).

694. Ce n'est pas tout de couper, ma fille, il faut recoudre.

Joli dessin à la plume représentant Triboulet adressant à la République les paroles citées ci-dessus. Signé de son pseudonyme *Bébé*, in-8 obl.

YVON (Adolphe).

695. Portrait-charge de Cham.

Curieux dessin au crayon. Signé. in-4.

ÉCOLE FLAMANDE.

696. Vue d'un port hollandais.

A l'aquarelle : XVIIIe siècle, in-8 obl.

ANONYMES.

697. Journée du cinq messidor an trois de la République.

Très joli dessin à l'encre de Chine représentant un combat naval entre la flotte anglaise et la flotte française, près l'île de Groix (Morbihan). Fait en l'an X, in-fol. obl., collé sur carton. La flotte française était commandée par l'amiral Villaret Joyeuse, qui avait sous ses ordres : *Les Droits de l'homme*, capitaine Sebire Beauchesne, etc.

698. Scène populaire dans Docks street à Londres.

A la plume et au lavis bistre, in-fol. obl., sous verre.

699. Portrait de don Carlos de Bourbon.

Au crayon rehaussé d'aquarelle, vers 1830, grand in-4.

700. Réunion du Conseil des ministres présidée par le roi Louis-Philippe.

Au crayon, in-fol. obl.

DESSINS PAR DIVERS

BEAUVOIR (Roger de).

701. Léotard.

Portrait-charge au crayon. Avec 8 lignes aut. sig. de ses initiales. in-4.

BERRY (Charles, duc de), troisième fils de Louis, dit le Grand Dauphin, mort en 1714.

702. Chasse dans la forêt de Fontainebleau.

Très curieux dessin à la plume, fait à l'âge de huit ans, suivant une attestation de la main de Bidaud, son maître de dessin, in-8 obl.

CHERUBINI (Louis).

703. Personnage Louis XVI.

Dessin à la plume fait par Cherubini pendant la lecture de la *Lampe merveilleuse*, 1/2 page in-8 obl.

CHEVALIER (Emile).

704. Fauves.

A la plume. Avec 4 lignes aut. sig., 1870, in-8.

COGNIARD (Théodore).

705. Paysage.

A la plume. Signé, in-8 obl.

DUMAS (Alexandre) fils.

706. Croquis.

A la plume avec 2 lignes autographes, in-8.

DUMAS (Marie-Alexandre).

707. Caderousse. — La Carconte.

A l'aquarelle. Signés. Avec envoi autographe signé d'Alexandre Dumas père à l'acteur Boutin. Deux pendants, in-8, sous le même verre.

GONCOURT (Jules de).

708. Femme appuyée contre une porte.

A l'aquarelle. Signé ; Ingouville. 1850, in-8 obl.

HUGO (Victor).

709. L'Enthousiasme.

Portrait-charge à l'encre avec un mot autographe. in-32. Piquant croquis personnifiant l'enthousiasme.

KOCK (Ch.-Paul de).

710. Robinson.

Dessin à la plume à la fin d'une lettre aut. sig. à Th. Cogniard. 1/2 page in-8.

LARCHEY (Lorédan).

711. Croquis.

A la plume. avec 2 lignes autographes signées. in-8 obl.

MALIBRAN (Marie).

712. Tête de femme.

A la plume. Signé *Maria Garcia*. 1/2 page in-4 obl.

MEILHAC (Henri).

713. Squelette.

A la plume. Signé. 1/2 page in-8 obl.

MÉLINGUE (E.-M.).

714. Etude de fleurs à Paris.

Au lavis de couleur. in-4 obl. Très curieux dessin représentant un groupe de personnages ayant des parapluies ouverts de différentes couleurs.

MÉRIMÉE (Prosper).

715. Portrait de femme.

Dessin à la plume sig. de ses initiales. in-18. Curieux croquis fait pendant une séance de l'Académie française. suivant une attestation aut. sig. de Jules Sandeau.

MICHEL (Louise).

716. La Virginie à Sainte-Catherine (Brésil).

Au crayon. Signé, in-4 obl.

MONSELET (Charles).

717. M. de la Métaphore.

Dessin humoristique à la plume. Signé. 1873. in-4 obl.

MUSSET (Paul de).

718. Bazaine à Trianon. — Cocher et valets de pied d'un monsignor à Rome.

2 dessins au crayon, réunis sur la même feuille, in-8 et in-18 obl.

719. Sig.— marchese di N.— Gnor, vuol' un domestico.— M. l'abbé.

Deux dessins au crayon faits en Italie en 1843, réunis sur la même feuille, in-8 et in-18 obl.

720. Croquis de femmes.

4 dessins au crayon, in-18, faits en Italie en 1843, réunis sur la même feuille.

NAPOLÉON (Louis-Eugène), prince impérial, fils de Napoléon III.

721. Croquis militaires.

Dessin original à la plume, in-4 obl. Certifié.

722. Cavalier arabe.

Au crayon, 1864, in-4 obl.

ROSSINI (G.).

723. Croquis.

A la plume, Signé, in-4. Curieuse pièce certifiée par le baron Taylor.

DELAROCHE (Paul).

724. *Jocelyn*, pièce de vers autographe signée de Lamartine, illustrée par Paul Delaroche, 1 page in-folio.

Magnifique pièce, probablement la plus belle connue, faite pour un amateur. C'est un extrait de *Jocelyn*, précédé d'un beau dessin au crayon et à la sanguine, signé de Paul Delaroche. Ce dessin représente l'amour sous les traits d'un jeune enfant assis, tenant sur ses genoux un portefeuille sur lequel sont écrits les titres des principaux ouvrages de Lamartine. Le sujet du dessin est tiré du passage suivant de la pièce :

J'instruis les enfants du village ; et les heures
Que je passe avec eux sont pour moi les meilleures.
Elles ouvrent le jour et terminent le soir.
Oh ! par un ciel d'été qui n'aimerait à voir,
Cette école en plein champ où leur troupe est assise ?
Aux troncs des vieux noyers, aux portes de l'église.
Les uns près de leur mère adossés deux ou trois.
Les autres garnissant les marbres de la croix,
Ceux-là sur les rameaux, ceux-ci sur les racines
Du noyer serpentant au niveau des ravines. — Etc.

(*Jocelyn*, 9e époque, avec variations.)

CHAM (A. de *Noé*, dit).

725. Visite de la reine Elisabeth à Kenilworth.

Peint à l'huile sur toile. Signé, in-4 obl. Monté sur châssis.

726. Croquis.

Carnet d'esquisses et de notes autographes au crayon, environ 50 pages, in-8 obl. couvert en toile.

727. Au Diable les domestiques. — Revue des modes.

Recueil contenant 132 dessins originaux à la plume, avec légendes autographes, in-4, cartonné.

728. Croquis de projets de caricatures inédites, dessinés par Cham et inventés par lui.

Recueil contenant 94 dessins originaux à la plume et au crayon, plus 44 épreuves de *l'Art de faire parler les animaux*, avec légendes autographes, dont quelques-unes signées, in-4, cartonné.

729. Dessin à la plume, avec légende autographe signée, in-4.

730. M. Thiers (caricatures relatives à).

47 dessins originaux à la plume, avec légendes autographes, in-8 oblong. Pourra être divisé.

731. Gambetta (caricatures relatives à).

8 dessins originaux à la plume, avec légendes autographes, in-8 oblong.

732. Duels (caricatures relatives aux).

9 dessins originaux à la plume, avec légendes autographes, in-8 oblong.

733. Expositions de peinture (caricatures relatives aux).

52 dessins originaux à la plume, avec légendes autographes, in-8 oblong. Pourra être divisé.

734. Chasse (caricatures relatives à la).

30 dessins originaux à la plume avec légendes autographes, in-8 oblong. Pourra être divisé.

735 Courses (caricatures relatives aux).

38 dessins originaux à la plume, avec légendes autographes, in-8 oblong. Pourra être divisé.

736. Théâtres (caricatures relatives aux).

90 dessins originaux à la plume, avec légendes autographes, in-8 oblong. Pourra être divisé.

737. Lois militaires (caricatures relatives aux).

54 dessins originaux à la plume, avec légendes autographes, in-8 oblong. Pourra être divisé.

738. Divers.

274 dessins originaux à la plume, avec légendes autographes, in-8 oblong. Pourra être divisé.

739. Un invalide. — Un grenadier.

Dessin sur bois, recto et verso, préparé pour la gravure, in-18.

740. Une fête sous Louis-Philippe.

Dessin sur bois préparé pour la gravure, in-8 obl.

CHAIGNEAU (Ferdinand).

741. Moutons.

Eau forte avec signature autographe, in-8. Encadrée.

742. Jeune berger et moutons.

Eau forte avec signature autographe, in-4. Encadrée.

SAND (George).

743. Son portrait lithographié avec dédicace autographe signée à son ami *Borie*, de 60 cent. sur 45 cent., cadre doré.

Belle reproduction d'après Thomas Couture, par l'artiste lithographe Manceau, dont la dédicace autographe signée au crayon est en regard de celle de George Sand.

744. Moulage en terre cuite de sa main gauche jusqu'à l'avant-bras. Précieuse relique dont il n'a été fait que deux exemplaires.

MINIATURE.

745. La reine Hortense tenant un de ses enfants dans ses bras, in-32 ovale. Belle pièce.

DIAZ (Narcisse).

746. Mare au milieu d'une forêt.

Peint à l'huile. Signé. hauteur 0m15. largeur. 0m24. Cadre doré.

747. Mare dans une clairière.

Peint à l'huile. Signé des initiales. hauteur 0m15. largeur 0m20. Cadre doré.

RACHEL (Mlle),

la grande tragédienne

748. Portrait au fusain, par Mme Frédérique O'Connel. Signé, hauteur 1m13, largeur 0m80. Très beau cadre doré avec écusson au chiffre de Rachel.

Important portrait où la grande artiste est représentée dans le rôle de Pauline de *Polyeucte* (scène du cinquième acte : *Je vois, je sais, je crois!*) — On sait que Rachel considérait surtout comme ressemblants les portraits faits d'elle par son amie Mme Frédérique O'Connel.

Rouen. — Imprimerie J. Lecerf, rue des Bons-Enfants, 46-48.

CABINET

D'AUTOGRAPHES

DE LA

Maison Gabriel CHARAVAY

DIRIGÉE PAR

EUGÈNE CHARAVAY FILS, EXPERT EN AUTOGRAPHES

(Ancienne Maison CHARON, puis Aug. LAVERDET)

FONDÉE EN 1838

Quai du Louvre, 8

Galerie d'autographes, sorte de musée autographique où les pièces sont disposées dans des cadres, avec l'indication des prix.

Collection considérable d'autographes des célébrités de tous genres : souverains, hommes d'Etat, littérateurs, savants, peintres, dessinateurs, graveurs, musiciens, acteurs et autres artistes ; nombreux cartons de pièces relatives aux provinces de France et aux familles nobles.

Grand choix d'autographes pour l'illustration des livres.

L'authenticité des autographes est garantie, sans *condition de temps*, c'est-à-dire *d'une manière absolue*.

Achat de collections d'autographes *au comptant;* rédaction de catalogues, ventes à l'amiable ou aux enchères pour le compte des possesseurs.

www.ingramcontent.com/pod-product-compliance
Ingram Content Group UK Ltd.
Pitfield, Milton Keynes, MK11 3LW, UK
UKHW021106260726
13994UKWH00002B/737

9 782329 347950